진흥글씨

진홍글씨

이윤기 소설

작가
정신

차례

작가의 말

　남성만이 할 수 있던 일, 여성은 도저히 할 수 없던 일이 현
저하게 줄어가고 있다. 여성만이 할 수 있던 일, 남성은 도저히
할 수 없던 일이 현저하게 줄어가고 있다. 오래지 않아 씨 뿌리
는 기능과 그 씨 받아 자손을 지어내는 생식기능만 제외하면,
남성과 여성의 역할은 상호 삼투 과정을 통해 빠른 속도로 넘
나들 조짐이 도처에 보인다. 과학기술이 일으키고 있는 이 새
로운 현상, 보이지 않는 이 혁명적 변화의 조짐이 과소평가되
고 있는 것이 내게는 도시 안타깝다. 우리들의 정신 살림이 이
코페르니쿠스적 대전환의 조짐을 감지하지 못하는 사태, 매우

빠른 속도로 확산되고 있는 이 보편적인 현상을 일상적인 삶의 내재율로 수용하지 못하는 사태가 내게는 안타깝다. 이성異性에 대한 새로운 이해의 잣대가 마련되지 않으면 남성과 여성 사이의 골 깊은 '진홍빛' 불화는 불가피해질 것으로 나는 보고 울적한 예감에 자주 시달리고는 한다. 이 『진홍글씨』는 그런 예감의 명세서에 해당한다. 남녀동권주의의 손을 들어주는 남성은 치사한 수정주의자로 매도당할 위험이 없지 않은 시대다. 하지만 내가 사랑하는 여성들을 나는 노예로서 사랑할 수는 없다. 그런 위험을 무릅쓰고 내가 사랑하는 여성들을 위하여, 1997년 12월 써서 문예지에 발표하고 1998년 9월 과천 집에서 교열한다. 그때나 지금이나 내 생각에는 변한 것이 없다.

1998년 9월 8일
이 윤 기

내 세대 자매들과 다음 세대 딸들에게 써서 남긴다. 지극한 염려와 아픈 사랑으로 써서 남긴다. 들숨날숨이 자꾸만 거칠어 지려고 한다. 드나들 때마다 다잡아 가라앉히려고 한다.

나는 이제 사람들 앞에다 이마를 들이댈 수 있다. 들이대고 는 내 이마에 진홍글씨 한 자를, 새길 테면 새겨보라고 비로소 할 수 있게 되었다. 핏빛 'A'자를, 크고 선명하게 새겨보라고 비로소 할 수 있게 되었다.

'A'는 '간음Adultery'의 두문자 'A'가 아니다. 나는 하지 않았 거니와 설사 했다고 하더라도 이 '간음'이라는 말을 쓰지 않겠다. 혼외의 사랑이 한편에서는 한량의 파격으로 미화되고 다른 한편에서는 간부姦婦의 패덕으로 매도되는 이 불공정한 시대의 성적 교섭 환경에서는 '간음'이라는 말은 그야말로, 남성과 남성이 주도하는 지배계층 언어 간의 간음을 통하여 생겨난 사생아일 뿐이다.

'A'자는 '아마존Amazon'의 두문자 'A'다. 아마존은 남성의 종 노릇을 거절하고 무리 지어 여성만의 모듬살이를 꾸몄던 것으로 전해지는 고대 여인국女人國의 여전사들이다. '아마존'은 '젖이 없는 여인들, 무ª 유방mamos 여인들'이다. 아주 없는 것이 아니라, 활 쏠 때 시위에 걸린다고 오른쪽 젖을 잘라버렸기 때문에 오른쪽 젖이 없었단다.

전쟁질과 사냥질을 일삼던 이들은 특정한 철이 오면 바깥세상의 남정네들을 붙잡아 들여 씨를 받고는 죽여버린다고 했다. 이윽고 달이 차고 자식이 태어나면 계집아이는 아마존으로 길러내고, 사내아기는 불구로 만들거나, 죽여버리거나, 바깥세상으로 보내버리고, 또 때가 오면 바깥세상의 남성들을 붙잡아다 씨를 받았다고 했다.

하지만 '아마존'이 그렇게 잔인한 무인 족속武人族屬이라고 기록한 사람들이 누구던가? 고대의 역사가들이다. 고대의 역사가들이 누군가? 남성이 오로지 하던 가부장 시대의 앞소리꾼들, 외롭지 못한 권력에 정통성을 부여할 필요가 있을 때마다 동원되고는 하던 어용학자들, '히스토리안'이라고 불리던, 남성의 이야기에 무게를 실어 쓰던 교활한 역사가들이었다.

순진한 남성들은, 히히덕거리면서 역사가들에게 물었다. 아마존의 나라는 필경 공포의 도가니였을 터인데, 붙잡혀간 남정네들이 무슨 생심이 있어서 여럿을 상대로 씨를 뿌릴 수 있었겠느냐고……

그러자 역사가들은, 아마존은 허리에다, 남성을 녹이는 마법의 허리띠 '케스토스 히마스'를 매고 있어서 남성은 돌격 준비가 끝난 상태로 기다리는 보병중대와 다름이 없다고 설명했다. 가련한 남성은 그 허리띠의 마법에 못 이겨 무수한 아마존으로부터 씨앗을 뿌리다 이윽고 탈진해서 차례로 숨을 거두었다는 것이다. 마법의 허리띠가 무엇인가? 남성의 가슴을 설레게 한다는, 허리 아래에 위치하는 점액질 성징性徵이다. 역사가들의 말이 옳다면 불행히도 그 시절의 아마존은, 활보다는 여성을 편들어줄 역사가가 필요하다는 사실을 알지 못했던 셈이 된다.

그러나 활을 잘 쏘기 위해 유방을 잘랐다는 역사가들의 말을 우리가 믿어야 할 것인가. 올림픽에 나가는 무수한 여궁사들이 오른쪽 젖을 자르던가? 국가대표 궁사자격요건에 젖이 유난히 작아야 한다는 규정이라도 있던가? 풍만한 젖가슴 때문에 금메달을 걸고 오지 못하는 여궁사들이 있던가? 활을 개량하기가 젖 자르기보다 어려운 일이겠는가?

아마존에게만 눈물겹게 억울한 일이다.

하지만 아마존이 젖을 잘랐다는 역사가들의 기술은, 어떤 사태를 신화의 모습을 빌어 상징적으로 드러내어 본 것에 지나지 않는다고 치자. 그렇다면 이것은 무엇을 말하는가? 아마존의 오른쪽 젖 자르기는 무엇인가? 무엇을 말하는가? 그 전설은 대체 우리에게 무슨 소식을 전하고 있는가?

아마존의 오른쪽 젖 자르기는 병원의 무영등無影燈 아래서 벌어지는 현대의 '마스텍터미乳房切除手術'가 아니다. 그것은 모성을 부분적으로 포기하는 한이 있더라도 남성의 노예 노릇만은 거절하겠다는 피눈물 나는 선택의 산물이 아니었을까. 나날이 확산되어가던 가부장家父長 사회에 대한 모권 사회의, 마지막 저항의 몸부림은 아니었을까? 수렵과 싸움질이 종족 번식의 기능보다 중요한 기능으로 대두되던 새 시대의 산물이었을 가능성이 있지 않을까.

상징적으로 말하자면 나도 젖을 잘랐다. 그것은 병원에서, 마취 상태에서 받은 마스텍터미가 아니었다. 젖을 맡기고 마취 상태에서, 잘리기를 기다렸다가, 붕대 싸매고 돌아서는 그런 마스텍터미가 아니었다. 내 손으로 잘랐다. 나는 이제 아마존이다. 젖이 없는 여자다.

신체의 일부에다 글씨를 새기는 저 자자형刺字刑은 얼마나 많은 사람들을, 얼마나 많은 여자들을 위협했던가? 하지만 이제 나는 이마를 내밀고 자자형을 받겠다. 이제는 자자형도 내게는 위협이 될 수 없다. 나는 이마를 내밀고 요구한다. 내 이마에 핏빛 진홍글씨로 자자刺字하라.

두렵지 않으냐고? 처음에는 두려웠다. 그러나 이제는 두렵지 않다. 희망을, 화해를 요구하는 비굴한 미소를 포기했기 때문이다. 나는 알았다. 나는 두려움이 노예를 만든다는 것을 알았다. 노예만이 두려워한다는 걸 알았다. 이제 나는 자유인이므로, 젖이 없는 아마존이므로 아무것도 두렵지 않다. 나는 내 몸에서 돌출해 있는, 머리 다음으로 귀중한 것을 잘랐다. 가장 귀중한 것을 자르지 않은 것은, 이 글을 남기기 위해서였다.

　나는 이 글을 쓰지 않을 수 있게 해달라고 기도했다. 아니다. 기도했다는 말은 이 글을 쓰지 않으려고 애썼다는 뜻이다. 불화의 씨앗이 되는 운명을 되도록 피하고자 했다는 뜻이다. '아니다'라고 말하는 역할을 피하고 싶었다는 뜻이다. 그런데 그럴 수가 없었다. 처음에는 '아니다'라고 말하자는 생각만이 마음속을 맴돌더니, 날이 가면서 이 생각은 내 안에서 말이 되었다. 말은, 그 뒤를 잇는 또 다른 무수한 말과 충돌하면서 말의 소용돌이를 이루더니 그 소용돌이가 마침내 내 존재 곳곳에서 마구 비어져 나오기에 이르렀다. 나는 내 안에서 소용돌이치는 그 말의 폭풍을 도무지 감당할 수 없었다.

　뜬눈으로 지샌 아침이면 창밖의 나무 그림자가 동향 창으로 들어와 하얀 회벽에 비친 채로 일렁거린다. 그것은 하얗게 밤을 새운 나를 견딜 수 없게 한다. 그 그림자가 내 속에 잠들어 있던 무수한 생각의 잠을 깨우고, 한동안 잠자코 있던 말의 소용돌이를 다시 불러낸다. 쓰지 않을 수 없어서 쓴다. 말의 내압內壓을 더 이상 감당할 수 없어서 이렇게 쓴다. 안전판을 미는 내압에 감정이 휘둘린 나머지 말이 자꾸만 난폭해지려고 한다. 하지만 구부러진 작대기를 바로 휘려면, 반대쪽으로 더 구부리는 수밖에 없는 법…… 나는 나의 말이 난폭해지는 것을 두려워하지 않으련다.

돌이켜 보면, 젖은 우리가 가진 얼마나 착잡하게 모순된 기관인가. 그것은 수유授乳하는 기관인 동시에 그 수유의 원인 제공 노릇을 감당한 작은 성기이기도 하다. 하지만 이제 수유는 끝났다. 우리가 받아야 하는 것은 아마존이 되기 위한 '마스텍터미乳房切除手術'이지, 남성에게 애프터서비스를 제공하기 위한 '마마플라스티乳房整形手術'가 아니다. 이제 우리에게 필요한 것은 모성의 부분적 희생을 볼모로 앞세운 전면전이지, 전면적 예속 상태를 연장하기 위한 부분적 신장개업이 아닌 것이다.

한심하여라. 나는 내가 속한 성의 비극을 마흔을 넘긴 어느 날 오후 8시에 비로소 깨달았다. 사랑, 가정, 행복 같은 어휘에 가려 내 눈에는 보이지 않았던 것이다. 이제 그런 것들이 내게 무엇인가? 회칠한 무덤이다.

내 아버지는 가부장제의 종이었다. 내 어머니는 그 아버지의 종이었다. 어머니는 당신이 그러하듯이 나에게도 지아비의 종이 될 것을 바랐다. 그것이 우리에게 버릇 든 세월에 알맞은 평화의 길이라고 했다.

나는 어머니의 말을 옳게 여겼다. 현모양처는 듣기에 참 좋은 말이었다. 어머니의 당부는 내 삶을 평화롭게 했다. 표면적으로나마 평화롭지 않았더라면 나는 이 불공정거래의 진상을 조금 더 일찍 발견할 수 있었을 것이다. 현모양처는, 남성의 집단 무의식이 현상懸賞한 허울뿐인 호칭에 지나지 않았다. 현모가 있을 뿐, 양처는 존재하지 않는다. 양처는 엄한 주인을 잘 섬기는 착한 노예의 다른 말에 지나지 않는다.

나는 내 딸에게는 지아비의 종이 되라고 하지 않겠다.

나는 세상의 남성에게 말할 수 있다. 세상의 남성은, 딸에게 바라지 않는 것은 아내에게서도 바라지 말아야 한다. 남성은, 딸이 처하게 되기를 바라지 않은 상황에는 아내도 처하게 해서는 안 된다. 그래야 공정하다. 그런데 남성은 공정한가?

아버지를 닮은 내 오라버니는 신혼 초에 처가 식구들을 따라 미국으로 이민을 떠나더니 처가의 푸대접, 아내의 멸시에 이가 갈린다는 내용의 편지를 일정한 간격을 두고 보내오고는 했다. 나도 이를 갈았다. 내 오라버니가 어떤 오라버니라고 너희가 감히 홀대를 할 수 있느냐고 치를 떨었다. 내 오라버니는 3년을 넘기지 못하고 두 딸의 양육비와 아내의 생활비를 안고 갈라섰다. 자세한 이혼의 까닭을 모르면서도 우리 친정 식구들은 그런 오라버니에게 박수를 보냈다. 나는 친정 오라버니의 쾌거에 박수를 보내도록 훈련되어 있었다.

오라버니의 두 번째 여자는 우리를 불안하게 했다. 사사건건 내 오라버니에게 대든다고 했다. 걸핏하면 사과를 요구하고 시정을 촉구한다고 했다. 우리는 그 두 번째 여자를 비난했다. 오라버니는 2년을 넘기지 못하고 갓난 딸의 양육비를 떠안고 두 번째 여자와 헤어졌다. 우리는 박수를 보내던 처음 경우와는 달리 가벼운 불안을 느꼈다. 두 번째 여자를 비난하기에는 어쩐지 석연치 못한 것이 우리 마음속을 서성거렸다.

아버지는, 형제는 수족手足이요, 처첩妻妾은 의복인 만큼, 수족은 잘리면 다시 잇지 못하지만 의복은 얼마든지 바꾸어 입을 수 있다는 말로 오라버니를 격려했다. 나는 아버지의 이 말뜻을 짐작하지 못했으니 한심하다. 오라버니는 세 번째로 의복을

같아입었다. 세 번째 여자는 거부의 상속자인 동시에 그 거부의 노른자위 기업을 경영하는 경영자였다. 여자는 오라버니에게 오랫동안 그의 생업이었던 의상디자인 비즈니스를 포기할 것을 요구했다. 직업상 오라버니가 만나는 여자들 때문에 신경이 쓰여서 견딜 수 없노라고 했다. 세 번째 여자는 오라버니에게, 회사를 아예 하나 맡길 것인즉, 모델하는 여자들과의 접촉만은 하지 말아줄 것을 요구했다. 오라버니는 위대하게도 이것을 거절했다. 그러고는 갓 태어난 딸과 세 번째 아내를 남겨두고 미국으로 떠났다. 사실상의 이혼이었다. 불쌍한 우리 오라버니……. 나는 오라버니가 불쌍하다밖에는 생각할 수 없었다. 나는 그렇게 배우면서 자라났다.

오라버니가 지나간 자리에, 전쟁 난민 꼴이 된, 여자 일곱만 덩그러니 남게 되었다는 것을 알게 된 것은 훨씬 뒷날의 일이다. 맙소사. 부끄럽게도 나의 의식은 겨우 그 수준이었다.

오라버니에게서는 아들이 태어나지 못했다. 우리 부부 사이에서도 딸이 둘 태어났을 뿐, 아들이 태어나지 않았다.

5년 연하인 내 남동생 부부가, 미국에서 서울로 들어와 첫아들을 보았을 때 내 아버지는 손주를 안고 그랬다.

"너는 우리 집안의 희망이다. 다른 것들은 다 헛것들이다."

'다른 것들'이란 뿔뿔이 흩어져 있는 오라버니의 딸 넷, 그리고 우리 사이에서 태어난 두 딸을 말한다. '헛것들'이란 우리 앞 세대에서는 흔히 쓰던 말이었다. 나는 그 헛것들에 내가 포함되어 있다는 것을 알지 못했다.

나는 아버지가 노후에 친손자를 보았으니 당연히 그럴 것이라고 생각했다. 섭섭한 마음이 없지 않았지만 나는 아버지에게 축하 인사를 매우 정성스럽게 했다. 환갑 지난 지 5년이 되어서야 보게 된 첫 손자를 '우리 집안의 희망'이라고 부르는 것도 있을 수 있는 일이거니 여겼다. 부끄럽게도 나의 의식 수준은 겨우 그 정도였다.

남편도 나에게, 내가 속한 성性인 여성에 눈뜰 여유를 주지 않았다. 자의식의 생일은 비 오는 날이라는 말을 남긴 사람이 누구였더라. 그런데 우리의 결혼생활에는 비 오는 날이 거의 없었다. 그래서 어느 날 문득 태어난 나의 자의식은 미숙아였다.

남녀동권주의에 관한 한 남편은 다른 사람보다 한발 앞서가던 사람이었다. 이 말에는 어느 정도 애정이 담겨 있다. 그는, 얼핏 보면 남성우월주의자인 것 같았지만 실제로는 그렇지 않았다. 그에게 남성우월주의 성향이 없는 것은 아니었다. 그는, 운동신경만으로 움직일 때는 남성우월주의자의 성향을 강하게 보이다가도 이성적인 사유 습관에 따라 행동할 때는 남녀동권으로 가파른 기울기를 보이는 그런 사람이었다. 나는 그를 대단히 공정한 사람으로 여겼다.

나는 신혼 초에, 해장국을 끓여놓고 기다리던 나에게, 늦잠에서 깨어난 그가 하던 말을 잊지 못한다.

"고맙기는 하지만 이런 수고는 하지 않아도 된다. 당신은 나를 위해 있는 사람이 아니다. 내가 당신을 위해 있는 사람인 것이다."

그는 딸들 앞에서 나를 함부로 대하지 않았고, 내가 그를 함부로 대하는 것도 묵과하지 않았다. 그에게는 참으로 사려 깊어 보이는 하나의 신조가 있었다. 그는 내가 듣는 데서 다른 사람들에게 이런 말을 함으로써 나에 대한 간접적인 당부로 삼고는 했다.

"아들은 아비를 닮는다고 하더라. 아들은, 아버지가 어머니를 어떻게 대하는가 보고 배워 장차 제 아내를 그렇게 대하게 된다고 하더라. 딸은 어미를 닮는다고 하더라. 딸은, 어머니가 아버지로부터 어떤 대접을 받는지 보고 배워 장차 저도 지아비에게 그런 대접을 요구한다고 하더라."

하지만 우리 사이에는 아들이 없었다.

이 말은 내 귓가에서 퍽 쓸쓸한 울림을 지어내었다.

아버지 어머니가 처음으로 아들딸이 살고 있는 미국 땅을 밟았을 당시, 내 오라버니와 동생은 뉴욕에, 우리는 미국의 북국 北國에 해당하는 위스콘신주에 살고 있었다. 우리가 당시에 위스콘신주에 살고 있었던 것은 내 남편이, 회사의 해외 연수 프로그램의 기금을 받아 매디슨의 한 대학에서 '엠비에이(경영학석사)' 과정을 밟고 있었기 때문이었다. 미국의 남국에 해당하는 캘리포니아에 있는 대학과 미국의 북국 위스콘신에 있는 대학 중 하나를 마지막으로 선택해야 했을 때 내 남편이 하던 말은 인상적이었다. 그는 그랬다. 북국은 사람을 내면화하게 하고 남국은 사람을 외면화하게 한다고……. 좋은 기회로 여겨져 나도 석사과정에 등록하고 이른바 '북국에서의 내면화'를 기도했다. 끝내지 못했지만 나는 남편에게 물어 미국 유학의 꿈을 펼쳐보기는 한 셈이다.

아버지 어머니가 뉴욕에 도착하는 시각에 맞추기 위해 가족은 전날 새벽에 뉴욕을 향해 자동차를 몰았다. 위스콘신에서 뉴욕까지는, 북국에서 남하하여 일리노이주를 지나고, 대도시 시카고를 지나고, 인디애나주를 지나고, 오하이오 대평원을 지나고, 펜실베이니아의 산간지방을 지나고, 델라웨어강을 건너고, 뉴저지의 숲을 지나는 머나먼 길이었다. 남편은 낮 운전은 나에게 맡겼다. 밤에 자기가 운전대를 잡고 밤새 달리면, 비행기 도착하는 시각에 맞추어 뉴욕의 케네디 공항에 이를 수 있을 것이라고 했다.

늦가을이었다. 기나긴 오하이오주의 유료 고속도로를 지나고 펜실베이니아의 산간지방으로 들어서자 눈발이 뿌리기 시작했다. 미국에서 눈이 가장 많이 온다는 미네소타 인근의 위스콘신에서도 우리는, 첫해 가을이라서 눈을 보지 못했다. 펜실베이니아의 눈은 곧 무서운 폭설로 변했다. 애팔래치아산맥의 허리 부분에서 만난 폭설은 우리가 한국에서 경험하던 폭설과는 달랐다. 고속으로 달리는 것이 아닌데도, 산속의 눈이라는 눈은 모두, 헤드라이트 불빛에 빨려들어 우리가 탄 소형자동차의 앞 유리창을 때리는 것 같았다. 와이퍼가 일일이 다 밀어내지 못할 정도로 엄청난 폭설이었다. 남편의 부주의한 제동이 자동차를 180도 돌려버린 적도 있었다. 바싹 뒤따라오던 대형트럭이라도 있었더라면 우리는 다음 날 새벽에 뉴욕에 도착하지 못하고 말았을 것이다. 우리는 뒤에야 위스콘신에 오래산 사람들로부터 들어, 소형차를 이용한 폭설의 애팔래치아는 목숨을 걸고서야 넘기로 작정하는 산맥이라는 것을 알았다. 그러니까 우리는 목숨을 거는 줄도 모르고 애팔래치아산맥을 넘었던 것이다.

산속에서 근 열 시간 동안이나 눈길과 싸우는 바람에 우리는 비행기의 케네디 공항 도착 시간을 맞추어낼 수 없었다. 우리는 공항 출영을 포기하고 내 남동생의 집으로 차를 몰았다. 우리는 아버지 어머니와 거의 동시에 그 집에 이르렀다. 아버지는 공항에 출영하지 못한 것을 사과하는 나의 말에, 정성이 문제지, 이 한 마디만 했다. 정성이 문제이지, 출영하고 못하고는 문제가 아니다, 이런 뜻이 아니었다. 아버지의 말귀를 잘 알아듣는 내가 단언하거니와, 그는 우리가 정성이 부족해서 애팔래치아의 허리에서 폭설을 만난 것이라고 말한 것임에 분명했다.

아버지는 어머니와 나란히, 소파 옆의 맨자리에 좌정하고 내 오라버니에게 명했다.

"장남부터 차례로 절을 하거라."

당시 홀로 살고 있던 내 오라버니가 부모님께 절을 하고 문안 인사를 여쭈었다. 오라버니는 내 남편보다 연하였지만 어엿한 내 친정의 장남이었다. 남편도 그것을 양해하는 것 같았다.

오라버니가 인사 여쭙고 물러앉자 남편이 내 등을 밀었다. 둘째이자 맏딸인 내 가족 순서가 되어야 당연하다고 생각했던 것임에 분명하다. 나도 그렇게 알았다.

남편이 앞으로 나서자 아버지가 앉음새를 고쳐 틀어 앉으면서 말했다.

"자네가 아니야, 차례가 그런 것이 아니야, 둘째가 절을 해야지."

"아버지, 둘째면 저 아닌가요?"

둘째이자 장녀인 내가 나섰다.

남편의 안색이 변하기 시작했다. 아버지는 요지부동이었다.

"둘째 아들의 차례다. 장녀이기는 하다만 너희들은 뒤로 물러서서 차례를 기다리거라."

둘째 아들인 내 남동생이 제 아내의 등을 밀었다. 내 올케는 이번에는, 아버지의 이른바 '우리 집안의 희망'인 여섯 살배기 아들의 등을 밀면서 함께 절할 준비를 했다.

"아니지, 아니지······. 자식은 부모와 함께 절하는 법이 아니다. 아비와 어미가 먼저 하고 그 아이는 나중 하게 하여라. 그렇게 시키는 법이다."

둘째 아들인 내 남동생 부부가 절을 했다. 5년 연상의 누나인 나보다도 먼저, 10년 연상인 내 남편보다 먼저 남동생과 내 올케가 절을 했다. 다음 순서로 '우리 집안의 희망'이 절을 했다. 여섯 살배기가 절을 하고 있을 때는, 중학생들인 우리의 두 딸 안색도 여느 때 같지 않았다.

"딸은 사람도 아니구나, 여보, 돌아가자. 아무래도 우리가 잘못 온 것 같다."

남편이 농담조로 이렇게 말했지만 음성이 적지 않게 떨리는 것으로 보아 노기가 묻어 있음에 분명했다. 나는 그가 한 번쯤 정말 돌아서 버리기를 바랐다. 내가 하지 못한 저항을 그가 대신해서 해줄 것을 바랐다. 그러나 남편은 숨을 몇 차례 거칠게 몰아쉬었을 뿐, 돌아서지는 않았다. 내가 손을 내밀어 그의 손을 잡았다. 손이 경련하고 있었다. 모종의 격정에 휘둘리고 있음에 분명했다. 그 휘둘림에서 오는 격정적인 떨림을 내 손으로 전하지 않으려고 애쓰고 있는 것임에 분명했다.

우리 부부는 여섯 살배기 '우리 집안의 희망'에 이어 절을 했다. 남편은 절하기가 무섭게 거실에서 내 남동생의 서재로 들어갔다. 내 딸이 절하는 모습은 나 혼자서 지켜보고 있어야 했다. 중학생인 두 딸 중 큰아이는 절하고 일어나 돌아서면서 눈물을 훔쳤다.

서재로 따라 들어가 남편에게 따졌다.

"왜 그런 수모를 당해? 딸 둘 키우는 아버지가 그렇게 물렁해서 내가 어떻게 마음을 놓아?"

"내가 스무 시간이나 자동차를 몰고 여기까지 온 것은 당신네 식구들이 하나 빠짐없이 재회하게 해주기 위해서였다. 당신이 좋아하는 것을 보고 싶었기 때문이었다. 내가 돌아섰으면? 그렇게는 절 못하겠다고 뻗대었으면? 당신 마음에 좋았을까? 이 싸움은 나중에 다시 싸울 기회가 있겠지."

내 아버지는, 회사가 남편의 등록금과 우리 가족의 생활비를 대고 있다고는 하나 우리의 객지 생활이 넉넉하지 않을 것으로 짐작한다고 했다. 그러고는 비록 출가한 딸이기는 하지만 나의 등록금은 당신이 낼 수도 있다고 했다.

"제 가족은 제가 챙깁니다."

남편은 아버지의 제안을 일언지하에 거절했다.

"융자 형식으로도 안 되겠나? 나중에 갚으면 되지 않나?"

아버지는, 남편의 미간에서 녹지 않고 있던 감정의 응어리를 보고 있었음에 분명하다. 아버지에게는 당근을 유효적절하게 쓰는 재간이 있었다. 어머니와 살면서 익힌 재주였기에 쉽다.

"장인어른께 저희 은행보다 돈이 더 많이 있다면 그 융자 한 번 받아보지요."

그는 절할 때 받은 수모를 그렇게 야멸찬 말로 갚았다.

나는 남편이 자랑스러웠다.

우리가 살고 있던 대학촌에는 한국인 대학원생들이 많았다. 대개는 30대 초반이었지만 개중에는 공부가 지지부진하게 진행되는 바람에 정해진 기간에 공부 마치고 귀국하는 데 실패하고 우리처럼 40대를 넘기도록 남아 있는 부부도 적지 않았다.

우리 부부와 박사반 학생들 부부가 서로를 대하는 태도와 감정은 다분히 양가적이고 이중적이었다.

우리는 남편이 은행 근무 햇수가 10년을 훨씬 넘겼던 만큼 유학 생활이 비교적 여유 있는 편이었다. 우리는, 우리 생활비의 반에도 미치지 못하는 생활비로 살아가는 대부분의 박사반 학생 부부가 '상대적 빈곤감'이라고 불리는 이상한 감정을 경험하지 않도록 잔신경을 많이 썼다. 그렇게 조심을 다 하는데도 불구하고 서로 얼굴을 붉히게 될 때가 있었다. 가령 내 쪽에서 무심코, '케이마트'의 스웨터, 에이, 못 입어요, 이런 말을 하게 되는 경우가 그랬다. 유학생 부부들은 대개 값싼 중국제 물건이 대부분인 '케이마트' 같은 데서 물건을 사서 썼다. 다 그랬던 것은 아니지만 유학생 집에서는 칸막이가 휜 서가, 내려앉은 텔레비전 탁자를 흔히 볼 수 있었다. 값이 비싸지만 무식하게 튼튼한 미국제 참나무 가구 대신 믿어지지 않을 정도로 싼 중국제 가구를 사다 쓰기 때문이었다.

박사반 학생 부부들도, 우리가 마흔 가까운 나이에 겨우 석사과정을 시작하고 있었던 만큼, 학문적 성취와 관련해서 무심코 한 말이 우리 귀에 고깝게 들리는 일이 없도록 잔신경을 써 주고는 했다. 그렇게 잔신경을 쓰는데도 불구하고 서로 얼굴을 붉히게 될 때가 있었다. 가령 박사 후보생이 자기 아우를 흉보는 도중에, 내 남편이 경영학 석사과정을 공부하는 중이라는 것을 알지 못하고, 무심결에, '엠비에이', 그거 순 돈 놓고 돈 먹기더군요, 한 경우가 그랬다.

"그래서 '엠비에이' 끝내면 인생은 몰라도 돈은 좀 알게 되지요."

그때 남편은 이렇게 응수했던 것으로 기억한다.

유학생 부부에게 거의 예외 없이 일어나는 일 중에서 인상적인 일이 몇 가지 있다. 그중에서도 대표적인 것은, 대부분의 유학생들은 지도 읽기 때문에 한두 번씩은 싸운 기록을 지니고 있다는 것이다. 유학생 부부가 미국에 도착하면 처음 몇 달간은 남편이 운전을 도맡는 것이 보통이다. 생면부지의 고장이어서 남성 특유의 순발력과 저돌성과 모험주의가 꽤 요긴할 때가 바로 이때이기 때문일 것이다. 남편은, 지도를 읽으면서 운전할 수 없으니까 지도를 아내에게 주고 읽어주기를 요구하는 경우가 많다. 그러나, 남편들은 군대에서 지도를 읽은 방법인 독도법讀圖法이라는 것을 '매 맞아가면서' 배운 모양이지만 아내들에게 그런 경험이 있을 턱이 없다. 그래서 지도를 잘못 읽은 아내 때문에 몇 마일 좋이 헛길로 들어 헤매거나 아주 일을 그르치거나 하게 되고, 이것을 두고 차 안에서 티격태격하다가 결국 집으로 돌아와서 이른바 '서머라이즈(요점 정리)'라는 것을 하는 과정에서 대판 싸움으로 번지는 경우가 많은 것이다. 당시 우리 마을에는 멕시코의 유카탄반도까지 차를 몰고 갔다가 독도법 때문에 싸움이 벌어져 아내를 거기에다 내려놓은 채 아이들만 싣고 나흘 동안 운전해서 위스콘신으로 돌아와 버린 한국인도 있었다.

남편은 그런 경우에 대비해서 나에게 독도법이라는 것을 가르쳐주었다. 내가 먼저 배운 것은 지도 정치법定置法이라는 것이다. 나침반의 방향과 지도에 나와 있는 방향을 일치시키는 것, 혹은 자동차의 진행 방향과 지도에 나와 있는 방향을 일치시키는 것을, 남편은 지도 정치법이라고 거창한 이름으로 불렀다. 지도정치라는 것을 시키면 우리의 목적지가 오른쪽에 있는지 왼쪽에 있는지 분간하기가 쉬웠다. 나는 남편 덕분에, 우리가 달린 거리와 걸린 시간을 모델로, 축척縮尺을 참고삼아 도상거리圖上距離를 계산해서 소요시간을 짐작하는 것도 알게 되었다. 남편의 이러한 배려가 아니었더라면 우리도, 대판 싸움의 전초전인 '요점 정리'라는 것을 자주 하게 되었을지도 모르겠다.

유학생 부부에게 일어나는 일 중에서 또 하나 두드러지는 것은, 아내에 대한 남편의, 안팎이 서로 모순되는 두 가지 상반되는 태도다. 대부분의 한국인 유학생 남편은 집안에서는 한국에서 하던 것과 똑같은 태도로 아내를 대한다. 말하자면 밥 가져오너라, 국 가져오너라, 와이셔츠 다려놓아라, 여편네가 집에서 뭐 하는 일이 있다고 집구석이 쓰레기하치장 꼴이냐, 하는 식이다. 나는 뷔페식당에서까지 아내에게 무슨 무슨 음식 가져오너라, 하고 명령하는 한국인 남편을 본 적이 있다. 남편이 좋아할 것으로 짐작하고 남편 음식을 알아서 챙겨오는 한국인 아내를 본 적이 있다. 그러나 이들이 간혹 초대받아 가보는 미국인의 가정은, 능히 예상할 수 있는 것이지만, 이것과는 딴판이다. 미국인 가정이 손님을 초대하는 경우 남편은 숫제 머슴 꼴이 되어 아내가 시키는 대로, 아내의 입 안에 든 혀처럼 움직이는 것이 보통이다. 손님 간 뒤에는 아내에게, 신문 가져와, 리모컨 어디 있어, 이러면서 잔심부름을 많이 시킬 값에라도 손님 앞에서는 껌뻑 죽는 시늉을 하고는 했다. 이런 것을 자주 보게 될 경우, 대부분의 한국의 아내들은 당연히, 미국 여자들에 견주면 한국 여자는 살아도 사는 것이 아니구나, 할 법하다.

극단적인 예가 되겠지만, 리모컨이 일반화되어 있지 않던 시절에는 아내를 리모컨으로 여기던 남자 이야기를 들은 적이 있다. 그는 방에 누워 텔레비전을 보고 있다가, 재래식 부엌에서 일하는 아내를 불러들여, 채널을 7번으로 돌려, 하고 명령했다는 전설적인 야만인이다. 부부 둘이서만 먹을 때를 제외하고는 아내에게 겸상을 허락한 적이 없었다는 비열한 남성우월주의자이다.

나는 텔레비전에 나오는 남편들은 하나같이 아내를 하대하고 아내들은 하나같이 남편을 예대하는 것을 못마땅하게 여기는 여자다. 한국인 부부의 경우, 남편의 나이는 아내의 나이보다 3, 4년 많은 것이 보통이다. 그 경우의 예대와 하대까지 시비하는 것은 아니다. 문제는 동갑일 경우에도 예대와 하대가 반듯하게 갈린다는 점이다. 부부가 동갑인데도 남편은 아내를 하대하고 아내는 남편을 예대하게 하는 작가와 감독을 나는 살

짝 경멸한다. 그렇게 쓰는 작가나 감독이 여자일 경우 나는 그만 슬퍼지고 만다. 나는, 30년을 함께 살고도 남편이라는 자가 아내에게, 내 집에서 나가, 하고 고함을 지르는 광경을 텔레비전에서 보고는 치를 떤 적이 있다. 무서운 무신경이 아닌가? 서울 우면동의 한 이웃집 여자는 초등학교 다니는 아들이 밖에서 동무들과 놀다가 얼굴에 상처를 입고 들어왔는데도 불구하고 남편에게 쫓겨나게 생겼다면서 전전긍긍하기도 했다. 나는 그 여자에게 물었다. 당신이 왜 쫓겨나야 하는데?

미국도 옛날부터 남녀동권주의 사회는 아니었던 모양이다. 나는 미국의 여자들이 쓰는 영어 표현에서 그걸 읽었다. 미국 여성들은 '나는 키스해본 적 없어요'라는 표현 대신에 '나는 아직 키스를 받아본 적이 없어요(I had never been kissed)'라는 표현을 곧잘 쓰고는 한다. 하지만 지금은 다르다. 대부분의 미국 화장실 안에는 '다이어퍼 스탠드'가 있다. 아기를 눕히고 기저귀를 갈아줄 수 있게 마련된 장치다. 이 '다이어퍼 스탠드'는 숙녀용 화장실에도 있고 신사용 화장실에도 있다.

내 남편은 여느 한국인과는 달랐다고 하는 편이 옳다. 그는 한국인으로는 보기 드물게 식구들과의 뺨 맞추기를 생활화한 사람이다. 우리 딸들은 한국에서 어린 시절을 보낼 당시부터, 저녁에 자러 들어갈 때와 아침에 자리에서 일어나 거실로 나올 때, 학교 갈 때와 학교에서 돌아왔을 때 반드시 우리 부부와 뺨을 맞추도록 훈련되어 있다. 한국에서 두 딸아이가 고등학생이 된 뒤에도 남편은 딸아이들과 뺨을 맞춤으로써 자기 친구들은 물론 딸아이들의 친구들까지 어리둥절하게 만든 적이 있다.

　나와의 경우도 마찬가지다. 그는 사람들이 보는 앞에서도 나를 껴안는 것을 삼가지 않는다. 유학을 떠나기 전에도 우리에게 포옹은 일상사였다. 우리 집에는 반드시 지켜야 하는 예절이 하나 있었다. 그것은 부모가 자식을 맞건 자식이 부모를 맞건 반드시 일어서서 맞아야 한다는 것이다. 일어서서 포옹하면서 맞는 것, 이것이 우리 집의 문화였다. 동료들에 따르면 남편은 회사에서도, 상하를 불문하고 사람을 맞을 때면 반드시 서서 맞는다고 했다. 미국의 한국인 유학생 부부 중에는 남편을 '돌연변이'로 여기는 사람들이 더러 있었다. 개중에는 미국인 흉내를 내는 것으로 오해하고 '느끼하게' 여기는 사람도 있었다. 나는 그들에게 우리 집의 자랑스러운 문화를 설명해주었다. 따라서, 우리가 집 안팎의 문화 차이 때문에 싸움을 벌이는 일은 없었다.

유학생 부부들이 경험하는 또 하나 미묘한 감정적 갈등이 있다. 우리처럼 부부가 다 학교에 나가서 외국인과 자주 접촉하는 경우, 이 갈등은 심각한 단계로 발전하기도 한다. 그것은 부부에게 다 같이, 백인들 사이에 섞인 자기 배우자가 작고 초라해 보인 적이 있다는 경험에서 연유한다. 남편도 나에게 농 삼아, 한국에서는 당신이 제일 풍만하고 섹시한 줄 알았는데, 쇼핑몰을 기웃거리는 당신이 왜 그렇게 작고 초라해 보여, 이렇게 말한 일이 있다. 나도 남편에게 농 삼아, 한국에서는 당신이 제일 씩씩하고 우람한 줄 알았는데, 강의실에서 나오는 당신은 왜 그렇게 왜소하고 새카맣담, 주위는 또 왜 그렇게 핼금거리고……. 핼금거린다는 것은 좀 심했나……. 이렇게 말해준 적이 있다.

남편에게도 그런 경우가 있었을 것이다.

고백하거니와 나는 남동생 또래의 동급생 백인 남자들로부터, 애교로 보아넘기기 어려운 성희롱이나 성적인 유혹을 받고

가슴 두근거려본 경험이 여러 차례 있다. 집으로 돌아와서 남편에게 약간 짓궂은 말을 써가면서 일일이 고백함으로써 자칫 생겨 있을지도 모르는 감정의 앙금을 씻어내기는 했다. 남편은 한국 남자가 우선 크기에서 미국 남자에게 주눅이 든다고 했지만 그것은 그렇지 않은 것 같다. 흑인이든 백인이든 미국인들이 여자의 가슴을 설레게 하는 것은 그 '클리어(투명)'함이다. 그들은 투명하게 도전적이었고, 도전적으로 투명했다. 남편에게도 고백했거니와 나에게는, 기나긴 여름방학에 들어가면서 여행으로든 단기 연수로든 세계 각국으로 떠나는 그들과 취하도록 마신 일도 여러 번 있다. 그런 자리에서 그들에게, 차라리 남편과 대판 싸우고 이 자리에 나와 있으면 좋겠다, 고 한 적도 있다. '엑스트라' 위스키 한 잔이 여자의 운명을 전혀 다른 것으로 바꿀 수도 있다는 것을 나는 그때 알았다.

남편도 클리어했다. 그는 백인 여성과 혼혈 여성이 눈부시게 아름답다는 것을 인정했다. 그는 나름대로 그렇게 아름다운 까닭에 대한 설명을 시도하기도 했다. 그의 주장에 따르면, 한곳에 정착해서 수백 년을 살아온 우리 한국인 여성과는 달리, 유목민 문화권과 수렵민 문화권의 여자들은 자기네 지역을 통과

하는 이주민 남성의 눈에 쉬 뜨이기 위해서는 보편 무의식적으로 몸매나 태도가 관능적이고 도발적인 방향으로 진화한다는 것이었다. 그는 사막에서 피는 꽃이 유난히 색깔이 진하고 모양이 화려한 것을 논거로 삼았다.

위험할 정도는 아니었어도, 내게는 적지 않게 마음고생이 될 정도로 우리 집을 자주 드나들던 백인 여자가 하나 있었다. 그는 서울에 있는 남편 회사의 연수원에서 6개월 동안 영어 강사를 지낸 적이 있어서 우리 가족과는 빠른 속도로 가까워졌다. 중국인과 한 차례, 일본인과 한 차례씩 결혼과 이혼을 경험하고, 중국인과의 사이에 난 아들은 중국으로, 일본계 미국인과의 사이에서 난 아들은 하와이로 보낸 경력을 보유하고도 끄떡없이 씩씩하게 살고 있는, 나와 동갑내기 백인 여자 밈시 헤스터가 바로 그 여자였다. 밈시는 중국, 일본, 한국을 '동양 삼국'이라고 부르고는 했는데, 그는 이 세 나라 문화에, 특별한 기호를 보이는 정도가 아니고 심하게 말하자면 병적으로 심취해 있는 아일랜드계 미국인이었다. 밈시의 동양 삼국 취미는 그의 고향이 바로 우리가 살던 대학도시인 것과 무관하지 않을 것이다. 동양 삼국인에 대한 인상이 비교적 좋은 곳이 바로 대학도시이기 때문이다. 밈시는, 자유자재라고 할 수는 없어도 중국어와 일본어를 두루 구사했다. 주위의 중국인 일본인들도 그것을 인정했다. 일본어 읽기 실력은, 어느 정도냐 하면, 한국인이 쓴 일본 연구서 『축소지향의 일본인』 일어판을 도서관에서 찾아내어 독파했을 정도다. 그는 내 남편과 얘기할 때는 일본인을 '지지미지코縮小志向'라고 부르기도 했다. 한국말은 하지 못해도 한국인에 대한 이해도 꽤 깊어서, 일본인과 견주어서 한국인을 말할 때는 '노바시지코擴大志向'라는 표현을 쓰기도 했다.

밈시에게는 중국인, 일본인, 한국인 친구가 많았다. 이 세 나라 사람들 가정이 국적을 구분하지 않고 사람을 초대할 경우 밈시가 초대받을 가능성이 매우 컸다. 좋지 않게 말하는 사람들은 밈시를 두고, '중국인, 일본인, 한국인을 친구로 수집하는 취미가 있는 여자'라고 하기도 했다.

밈시는 남편에게 이런 말을 한 적도 있다. 약 오르게도 그와 남편의 대화는 나의 지력知力이 미치지 않은 범위에 한동안씩 머물 때가 자주 있었다.

"한국 남자는 일본의 '규슈단시九州男子'와 비슷한 데가 많아요."

"재미있네? 어떤 의미에서?"

"허풍도 더러 치고, 외상술도 더러 마시고, 힘에 부치는 싸움도 더러 하다가 얻어맞기도 하고……. 일본의 여느 '지지미지코'들과는 다르거든요. 나는 '규슈단시'가 좋아요. 한국 남자들도 좀 그렇다죠? 스케일 큰 거 좋아하고, 부풀리는 거 좋아하고, 화끈한 거 좋아하고……."

"일리가 없지 않구먼. 부산 앞바다에다 라면 봉지를 던져 놓으면 규슈 해안에 닿는다니……."

밈시는, 구체적인 정보도 없이 막연하게 스테레오 타입을 정해놓고 '동양의 신비' 어쩌고 하는 미국인들과는 달리 한국과 일본과 중국의 문화를 나름대로 연구하고 절충시키고 보완한 이른바 '밈시 헤스터 컬쳐'를 사는 여자였다. 그는 인사할 때도, 손가락을 까딱거리는 서양식 인사 대신, 두 손을 모아 젖무덤 사이에다 세우고는 고개를 숙이는, 이른바 '밈시 헤스터 인사법'으로 했다. 그는 초밥도 잘 만들었고 만두도 잘 빚었으며 김치찌개도 곧잘 끓여 먹는다고 했다. 동양 삼국 음식이면 식이요법은 따로 필요 없다는 밈시의 말은, 가난한 유학생들에게는 고깝게 들릴 수도 있었을 것이다.

밈시는 나의 좋은 친구이기도 했지만 남편에게 더 좋은 술 친구였다. 밈시는, 붓글씨 쓰기 좋아하는 남편에게 일본에서 도 이름 있는 서예가로부터 배웠다는, 단가短歌를 초서草書로 종 서縱書하는 것도 가르쳐주고는 했다. 주로 남편이 집에 있을 때 드나들 경우가 많은 밈시는 남편과 나누는, 일본과 한국의 역 사 이야기, 그중에서도 한국인이 일본인들로부터 침략 전쟁이 나 민족적 학대를 경험한 역사 이야기 듣기를 좋아했다. 강대 국 영국과 이웃해서 살면서 한국과 비슷한 역사적 아픔을 간직 하고 있는 아일랜드인의 후손 밈시는, 일본인 전남편은 한국 이야기를 한 적이 없다면서, 헤어진 '다니자키'를 '영국놈'보다 도 더 더러운, '언디저브드 스니키 스와인(주제를 모르는 야비한 색골)'이라고 불렀다.

시작한 김에 고백해두자.

미국인 여자들에게는 내가 이해하지 못할 버릇이 있다. 그것 은 남자와 마주 서서 얘기할 때, 특히 상대가 다정하게 굴어줄 경우에는, 젖가슴이 상대의 가슴에 닿을 만한 거리로 접근하는 버릇이 있다는 것이다. 포도주 잔을 들고 우리 집 뒤뜰에서 남

편과 마주 서서 이야기할 때면 밈시도 그랬다. 밈시는, 크면서
도 탱탱하고, 풍만하면서도 끝이 뾰족한 젖가슴으로 남편의 가
슴을 밀다시피 하면서 포도주를 마시고는 했다. 밈시의 접근에
조금씩 뒤로 물러나던 남편이 의자에 걸려 나자빠진 적도 있었
다. 나에게는, 그런 날 저물녘에 홀로 욕실의 거울 앞에서 가슴
을 열어본 적이 있다. 불행히도 젖꼭지가 겨우 중력의 법칙에
힘겹게 저항하고 있을 뿐이었다. 밈시가, 남편 앞에서, 미니스
커트 아래로 쭉 뻗은 다리를 힘 있게 꼬고 앉은 채, 고개를 뒤
로 젖히고 목젖이 보이도록 깔깔거리며 웃을 때는 내 얼굴이
다 달아오를 지경이었다. 남편은 못 보았을지도 모르지만 나는
밈시가 다리를 바꾸어 꼬는 순간 속옷에 가려져 있는 밈시의
샅을 본 적도 있다. 북국인의 다모성多毛性 체질 탓이겠지만 진
홍빛 속옷에 싸인 밈시의 샅은 '두둑하다'고 해야 할 만큼 살집
이 깊었다. 나는, 여자는 종종 다른 여자의 아름다운 몸 앞에서
도 뜨거워진다는 말을 밈시를 통해서 이해했다. 차마 말하지는
못했지만, 내가 만일에 영어에 유창했고, 밈시와 더 스스럼없
는 사이가 되어 있었다면 나는 이렇게 말했을지도 모른다.

　……야, 우리 집에서 나보다 더 암내를 피우는 법이 어디 있

어? 나보다 더 '암컷성'을 자랑하는 법이 어디 있어?

　밈시의 진홍빛 샅을 본 날 나는 남편에게 물었다.

　"밈시, 섹시하지?"

　"……하지."

　"밈시, 당신한테 반한 거 아냐?"

　"내가 배겨나겠어?"

　"나, 밈시 앞에 앉아 있으면 초라하게 느껴져. 당신에게는 그렇게 안 보여?"

　"나도 당신네 학과의 유럽 유학생들 앞에 앉으면 초라하게 느껴져. 당신에게도 그렇게 보여?"

　"아슬아슬해. 밈시, 저 애, 당신한테 아양 떠는 거 보면……."

　"나는, 조국과 민족의 운명이 걸린 국가전복 음모라면 몰라도 당신과 우리 쌍공주가 좋아하지 않을 짓은 않는다……. 나는 지진 다발地震多發 지역에 선, 내진설계耐震設計가 잘 된 구조물이다, 됐냐?"

　남편의 반응은 그처럼 간요했다. 나는 남편이야말로 그런 말을 할 자격이 있는, 희귀한 미덕의 소유자라고 믿었다.

그는 그런 말을 할 자격이 있었다.

신혼 초부터 주말 산행은 우리 집의 중요한 행사였다. 우리의 산행은 두 딸이 어렸을 때도 중단된 일이 거의 없다. 우리가 살던 서울의 우면동은, 뒤로는 우면산과 관악산이 있고, 앞으로는 청계산이 있어서 그랬을 테지만, 겨울이면 눈이 흔했다. 남편은, 동대문 시장을 뒤져 낡은 스케이트 날을 사 온 뒤에, 그걸 합판 밑에 달아 썰매를 만들어 아이들을 태우고는 마을 나들이를 자주 하고는 했다. 뒷날 마을 사람들은, 부부가 썰매에다 아이를 각각 하나씩 태워 끌고 다니는 풍경은 우리가 살던 우면동의 명물이었다고 했다. 꽤 많은 어머니들은 그 시절 우리 딸 또래의 아들딸들로부터 썰매 태워 끌어달라는 성화에 지겹게 시달렸노라고 술회하기도 했다.

주말이면 어김없는 산행이었다.

두 딸 어릴 때 우리 부부는 딸아이를 하나씩 지게 배낭에 넣어 등에다 걸머지고 다녔다. 남편은 음식 배낭은 어깨에다 멜빵을 건 채로 가슴에다 붙이고 다녔다. 산에서 취사하는 것이 허용되던 시절, 우리 부부와 두 딸은 기온이 영하로 떨어진 한겨울에도 주말이 되면 멀쩡한 집을 두고 산에서 추위에 떠는 것도 아랑곳하지 않고 지지고 굽고 하면서 하루를 보내고는 했다. 그는 나에게 이런 말을 자주 했던 것으로 기억한다.

"우리 아무래도 전생에는 거지였던 모양이다. 당신은 아닌가? 나는 맞을 거다. 이렇게 오돌오돌 떨면서 뭘 먹으면 마음이 그렇게 편안해질 수 없는 것을 보면……."

남편의 말마따나 '태어나면서부터 양변기 탄 여자'인 나는 도시에서 나고 자란, 전형적인 도시형이어서 그런지 산행이라는 것은 원래 취미에 맞지 않았다. 그런데도 나는 남편의 산행 계획에 대체로 순응하는 자세를 보였다. 그것만이 주말에 가족들이 함께 지내는 방법이라고 믿었기 때문이었다.

일부 동료들에 대한, 남편의 다음과 같은 비난은 내 마음을 얼마나 든든하게 했는지 모른다.

"나는 이 세상에서 가장 비겁한 쓰레기들을, 계집 껴안고 시시덕거리면서 곤드레만드레가 되게 마시고도 집구석에 들어가서는, 지점장 밑에서 먹고살자니 할 수 없어서 마셨다, 어쩌고 하면서 인상 벅벅 쓰고 한숨을 푹푹 쉬는 인간들로 본다. 또 하나 더 있다. 연구소 직원들끼리 내기 골프 약속해놓고는, 요정 마담도 거기에 합류하게끔 골프 약속을 해놓고는, 아침이면 마누라에게, 일요일도 쉬지 못하느니 어쩌느니 신세타령을 내어 놓으면서 풀링카트에다 골프 가방 실어 끌고 집을 나서는 인간들로 본다. 이런 인간들은 운전대를 잡는 순간에 휘파람을 부는 것이 보통이다. 유혹을 여러 차례 받아본 내가 잘 안다."

적어도 나는, 그에게는 그런 말을 할 자격이 있는 것으로 알았다.

그가 나나 내 주위 사람들을 상대로 이른바 '콘트롤 보드' 이론을 펴기 시작한 것은 미국에서, 나는 중도 하차하고 자기만 석사학위 마치고 귀국한 뒤의 일이다. 우리 결혼기념식 날 그가 회사 동료들을 초대한 자리에서 한 말을 옮겨보되, 한 말만 옮기지 않고 했을 법한 말까지 보태어 옮겨보면 이렇게 된다. 유산상속 문제를 두고, 내게는 시아주버님 되는 맏형과 형제 갈등을 빚은 직후였던 것으로 기억한다.

"……나는 대구에서 상경한 지 이십 년이 넘지만 아직까지 군대 생활할 때와 미국에 있을 때를 제외하고는 한 번도 추석 성묘와 설 차례에 빠져본 적이 없다. 내 아내가 잘 알고 있을 것이다. 어떻게든 내려갔다. 자가용 없던 시절에는 기차와 고속버스에 귀향 수단을 의지하지 않으면 안 되었다. 하지만 남들 다 하듯이, 줄 서서 기다렸다가 승차표 구한 기억도 없다. 철도청 고관이던 친구 형에게 청도 넣고 고속버스 회사에 근무하던 선배에게 술도 사고, 이도 저도 안 되면 암표도 사고 하면서, 하여튼 명절만 되면 어김없이 귀향하고는 했다. 생각하면 부끄럽다. 목적이 수단을 신성하게 만들 수는 없으니.

서울 하고도 양재동 톨게이트에서 기다리고 있다가 트럭을 붙잡아 타고 내려간 적도 있고, 장례식 치르고 내려가는 운구 버스 타고 내려간 적도 있다. 솔가해서, 서울 왔다가 부산으로 되돌아가는 빈 전세 버스에 탄 적도 있다. 전세 버스가 대구의 톨게이트 근방에다 우리를 내려놓고는 부산으로 가버리는 바람에 우리 부부는 아이를 하나씩 안고 그 위험한 고속도로를 걸어서 시내로 들어가지 않으면 안 되었다. 수단이 정당했을 경우, 나는 어떻게 하든 내려갔다는 사실 자체를 두고는 후회하지 않는다. 나는 조상 제사에 집착하고 있었음에 분명하다.

이렇게 어렵사리 귀향한 것을 위세하면서 본가에 제수 장만하느라고 구멍 난 살림 메꾸라고 돈 몇 푼 내어놓는 것이 고작, 재래식 부엌 드나들면서 그 많은 제수는 누가 장만하고 외지에서 온 그 많은 제관들 먹이고 재우는 수고는 누가 하는지 생각할 염량도 없이 그저 내 일 아니라고만 알았으니 매우 한심한 일이다. 형제들 어울려 몇 날 며칠을 먹고 마시면서도 그 술상 그 밥상 누가 차려내는지 헤아리지 못했으니 부끄러운 일이다. 차례 지내는 중에, 형수들이 부엌 드나들면서 그동안 밀린 이야기를 하느라고 웅성거리기라도 할라치면 나는 문을 탁 열고 형수들에게 호통을 치고는 했다. 도대체 어느 성씨가 본데없이 제중祭中에 삼갈 줄 모르느냐고. 수컷 우월주의자 시동생의 지청구에 그 형수는 그날 밤 친정 그리면서 눈물을 떨구었을지도 모르는 일이다.

딸 기르면서야 나는 비로소 알게 되었다. 내가 입버릇 삼아 하는 말이거니와, 아들이 아비 본받고 딸이 어미를 그린다는 옛말 그르지 않다면, 그리고 나에게는 아들이 없다만 만일에 아들이 있다면 내 아들은 장차 당연히 그래야 할 것처럼 나같이 나 모르쇠 책상다리를 하고 집안 여자 부리다 이따금씩 한 차례 호통으로 집안 풍속 다잡으려 할 것이고, 딸들은 당연히 그래야 할 것처럼 낯선 가문의 부엌에서 종처럼 일하다 명절 끝나면 굳은 허리 펴면서 눈물 떨굴 것이 확실하다. 이게 악습인 것을 비로소 알았으니 한심하다. '해피 투게더', 함께 행복해야 하는 것을⋯⋯. 나는 내 딸 그렇게 하게 하고 싶지 않다.

우선 이 수컷 우월주의만 놓고 한번 따져보자.

남자가 단연코 비교우위를 누리는 이런 수컷 우월주의 악습은 남자가 병역兵役과 노역勞役의 주체 노릇을 해온 것과 무관하지 않을 것이다. 남자가 여자보다 칼질, 창질을 더 잘하는 것은 사실이다. 안 그러냐? 아주머니들도 이것을 부정하면 안 됩니다⋯⋯. 땔나무나 볏짐을 훨씬 더 많이 짊어질 수 있는 것도 사실이다. 아주머니들은 이것을 부정하면 안 됩니다⋯⋯. 삽질, 괭이질, 쟁기질, 써레질, 고무래질을 더 잘하는 것도 사실이다. 그때 남성은 참 우월했다.

여자들이 멧돼지를 사냥할 수 있나?

우리 어릴 때 마을의 어른들은 미군 총검을 벼리어 창을 만들고 멧돼지 몰이사냥을 나갔다. 마을 어른들은 그중의 한 어른이 멧돼지 엄니에 다리를 찍힐 정도의 사투를 벌인 끝에야 멧돼지 한 마리를 잡을 수 있었다. 어른들은 그 멧돼지의 털을 면도질하고, 피를 뽑고, 내장을 뽑은 다음에야 여자들에게 건네주고는 술판을 벌였다. 여자들은 삶은 간이면 삶은 간, 순대면 순대, 오소리감투면 오소리감투…… 안주가 마련되는 족족 남자들 술판으로 날라다 주었다.

남자들은 여자들보다 멧돼지를 더 잘 잡는다. 그래서 잡아 왔다. 여자들은 남자들보다 돼지고기 요리에 대한 정보를 훨씬 더 많이 가지고 있다. 그래서 멧돼지를 잡아온 남자들은 술을 마시면서 요리가 나오기를 기다렸고 여자들은 그런 수고를 하고 돌아온 남자들에게 안주를 만들어다 바쳤던 것이다. 나는 이것은 공정하다고 생각한다.

지금은 어떤가? 여자가 돼지고기 사 와서 요리할 동안 남자들은 술을 마시면서 안주를 재촉한다. 이것은 공정하지 못하다.

나는 미국 자동차의 아버지라고 불리는 '헨리 포드' 박물관에서 재미있는 것을 보았다. 포드 박물관은 자동차 박물관이라기보다는 미국의 탈 것 박물관이라고 하는 편이 옳다. 박물관에서 내 눈길을 끈 것은 육인승 사두마차四頭馬車의 제동간制動桿이었다. 마차의 핸드브레이크와 같은 것이다. 나는 관리인의 눈을 피해 그 원시적인 핸드브레이크를 한번 당겨보았다. 여성의 팔 힘으로는 물론이고, 우리 같은 동양인의 팔 힘으로도 끄떡하지 않을 것 같았다. 말하자면 팔 힘이 무지막지하게 센 미국인이 아니면 그 마차를 제동할 수 없었다는 말이다.

나는, 속칭 '스타찡'이라고 불리는 '스타팅 레버'를 마지막으로 구경한 세대에 속한다. 자동차 운전면허 코스 시험에 '스타팅 코스'라는 것이 있는데 이것이 바로 스타팅 레버와 모양이 같은 코스를 말한다. 스타트 모터가 없거나 자주 고장을 일으키던 옛날 자동차에 반드시 구비되어 있는 것이 바로 이 스타팅 레버였다. 나는 어린 시절에 어른들이 자동차 라디에이터 밑으로 뚫린 구멍에 이 스타팅 레버를 넣고 돌리는 것을 보았다. 어른들이 스타팅 레버를 끼우고 엔진 굴대를 몇 차례 돌리면 '브르릉'하고 자동차가 엔진이 돌기 시작하는 것이 그렇게 신기할 수 없었다. 나중에 어른들로부터 들었는데, 웬만한 장정 아니면 돌릴 수 없을 정도로 힘이 드는 일이라고 했다.

내가 왜 이런 말을 하는가 하면, 지금은 더 이상 마차의 제동간이나 자동차의 스타팅 레버 시대가 아니라는 것이다. 힘으로 하는 시대가 아니라는 것이다. 왜? '콘트롤 보드'의 시대가 왔으니까……. 백 마력짜리 자동차를 힘으로 시동하는가? 천만에. 콘트롤 보드의 열쇠만 돌리면 된다. 제동은? 가볍게 발만 올려놓으면 콘트롤 보드가 그 정보를 알아먹고 기계장치로 제동해준다. 크라이슬러가 만든 그랜드 체로키 지프 광고의 캐치 프레이즈 기억하는가? '트레들 라이틀리(가볍게 밟아주세요)'다. 힘이 필요하지 않은 세상이 된 것이다. 자동차의 경우 콘트롤 보드의 극치는 무엇인가? '크루즈 콘트롤 시스템(자동 조정 장치)'이다. 손가락 끝으로 까딱까딱, 가속, 감속이 얼마든지 가능하지 않은가?

지금이 어느 시대인데? 산업화 시대를 지나 정보화 시대에 와 있다. 컴퓨터, 그거 힘으로 하나? 인터넷 정보검색? 그거 힘으로 하는 거 아니지. 그래픽이 발달하면서 할리우드의 스턴트 맨들이 무더기 실업이다. 아, 수컷들, 한때 잘 나갔지. 농경시대 수컷 우월주의를 보장해주던 남성의 그 무서운 힘과 찬란한 기술, 지금 어디에 가 있는데? 체육관에 가 있잖아? 이제는 박격포 둘러메고 다니면서 싸우는 시대가 아니라고. 사관학교가 여성 생도를 받아들이고 있는 것을 보라고. 이것도 모르는 채 시대 요량 못 하고 거들먹거리는 남자들, 여자들이 가만두지 않을걸. 보라고, 벌써 여성 대반격의 조짐이 도처에 나타나지 않느냐고……. 이것도 모르고 네 일이다, 내 일이다 하고 싸우다 깨어지는 가정이 도처에서 생겨나고 있지 않느냐고?

나는 내 딸들에게 종종 가르치고는 해. 여자들도 정신 차려야 한다고…….

보라고……. 빨래는 세탁기가 해주고, 부엌 쓰레기는 싱크대에 설치된 '디스포저'가 처리해주고, 그릇은 식기세척기가 닦아주고, 음식은 '마이크로웨이브'가 데워주고, 커피는 타이머 달린 '커피 메이커'가 시간 맞추어 끓여주고, 밥은 마마 밥솥 아니면 '조지루시(코끼리표)' 밥통이 지어주고…… 예를 더들어?

짓궂은 남자들은, 이런 시대가 올 줄 알았더라면 유지비 많이 드는 마누라한테 장가들지 않고 혼자 사는 건데, 하더라만……. 혼자 살면, 자식 낳아 길러 제 씨족을 보존하지 못하는 데서 오는 쓸쓸함, 이걸 뭐라고 할 거나, 생물학적 고독이라고 할 거나, 이런 것은 있을 거라. 하지만 남자와 여자의 공생공존 환경이 얼마나 바뀌었는가를 이해하지 못하면, 머지않아남녀 간에 건곤일척의 대전쟁이 한 번 터질 거라…….

그리고 이번에는 제사 말인데…… 길게는 않겠다. 추억이아름답지 못해서……. 나는 조상제사, 참 지극정성으로 챙겼다. 하지만 어떻게 보면 이것도 수컷 우월주의를 강화하기 위한 남자들 집단 무의식의 발현이 아닐지……. 제사가 뭐야? 제사 지내는 놈이 정치한다는, 제정일치祭政一致의, 퇴화되다 만 꼬리뼈의 흔적 같은 거 아냐? 가권家權 장악해서 마르고 닳도록 유지하겠다는 음모의 소산 아니겠느냐고……."

남편의 동료들 중에는, 기다커니, 아니다커니, 논란이 있었지만 그날의 자리는 대체로 '호스트(집주인)'의 말에 수긍하는 분위기였다. 그러나 나에게는, 그의 의견 표명에 관한 한 나 나름의 독법이 있었다. 생물학적 쓸쓸함이라면, 나에게 있는데 그에게 없을 리 만무할 터였다. 그가 명절 때마다 제사 때마다 귀향하는 것을 심드렁하게 여긴 것도 결국 '아들 없음'이 지어내는 생물학적 쓸쓸함과 어찌 무관할 것이랴 싶었다.

미국 생활에서 이어진 서울 생활에 큰 변화는 없었다. 그는 직장에 복귀해, 미국에 체재하면서 3년 동안 받아쓴 돈값 하느라고 새로 생기는 부서마다 불려 다녔고, 아이들은 각기 그 교육과정에 맞는 학급을 찾아 들어가 외국에서 살다 온 거의 모든 아이들이 그렇듯이 수학 때문에 애를 먹었다. 서울 생활은 '거대한 컨베이어벨트에 실려 가기'였다. 나는 서울이 컨베이어벨트의 정거장 같다는 느낌이 더러 들고는 했지만 돌이켜보면 나 또한 또 다른 컨베이어벨트를 타고 있었던 것 같다. 주위에는 벨트에서 떨어지는 사람이 더러 있었다. 우리 가족은 떨어지지 않았다. 경제위기로 금융기관이 소용돌이의 중심이 되고 큰딸이 고등학교 3학년이 되는 해에 이르러서야 나는 우리 가족의 일원도 그 벨트에서 떨어질 가능성이 있다는 생각으로 정신이 번쩍 들었다.

사람의 마음만큼 몸속 깊은 곳에서 보이지 않게 작용하는 것도 없을 것 같다. 짐승은 대개의 경우 마음의 작용을 사람들에게 읽히고 만다. 위스콘신에서 남편과 둘이서 낚시하러 다닐 때 나는 이것을 알았다. 그는 물고기의 마음이라는 것을 읽는 데 수단과 방법을 가리지 않았다. 나는 그때 많은 동물들은 동물심리학이라는 것을 통해 사람들에게 그 마음을 읽히고 만다는 느낌을 받았다. 사람이 짐승의 주인 노릇을 하는 것도 어쩌면 짐승에게 그 마음을 읽히지 않기 때문인지도 모른다는 생각도 들었다. 완벽한 이중인격이 인간에게만 가능한 것도 이 때문일 것이다.

나는, 회사의 연수 기금으로 외국에서 공부한 사람에게는 의무 복무연한이라는 것이 있는 것으로 알고 있었다. 나는 남편은 3년 동안 해외에 체재한 만큼 5년이나 10년이라는 의무 복무연한이 있는 줄만 알고 있었는데, 그의 말에 따르면 그것이 아니었다. 그는 그때 벌써 바람의 기미를 읽고 있었던 것일까? 그는 회사를 그만두고 미국에 가고 싶다고 말했다. 미국으로 '돌아가' 박사과정에 들어가고 싶다고 했다. 이 이야기는 우리 잠자리에서 오래 계속되었다. 갈등이 상처가 되고 상처가 흉터가 되고, 그 흉터가 다시 터지는 과정이 여러 번 되풀이될 정도로 오래 끌었다.

"삼 년 공짜로 돈 받아먹고 겨우 이 년만 근무해주고 다시 도망쳐도 된대? 퇴직금 압수 안 한대?"

"그런 게 문제가 아니고……."

"우리는 어쩌고? 큰애 입시 때문에 다시 옮겨갈 수 없는데?"

"그것 때문에 망설였다. 하지만 시간도 많이 안 남았다. 등록 마감 시간을 말하는 것이 아니다. 늦었다 싶을 때가 그래도 최선이라고 하지 않나? 나는 가을 학기에 등록했으면 한다."

"폴 고갱이 따로 없네?"

"그러네. 폴 고갱은, 그전에도 있었고 그 뒤로도 있게 될 고갱의 대표선수였을 거라."

"타히티로 떠난 고갱에 견주면 당신 나이는 너무 많은 거 아냐?"

"십구 세기 사람들 평균 수명을 감안하면 그런 것도 아니다."

나는 그의 머릿속에서 일어나고 있는 폭풍의 내역을 다 짐작할 수 없었다. 그러나 정면에서 막아설 만큼 무모한 여자는, 나도 아니었다. 우리에게는 불문율로 굳어진 관행이 있었다. 그것은 성사될 가능성이 없는 말은 입 밖에 내지 않되 일단 입 밖으로 나온 말에는 서로 토를 달지 않기였다. 바로 이 관행 때문에 우리 집에서는, 다른 집에서는 있을 수 없는 일이 곧잘 일어나고는 했다.

"박사과정, 그거 얼마나 어렵게 하고들 있는지 보고 와서도? 당신 박사 끝내면 쉰 살이 넘을 텐데, 어느 학교에서 머리 허연 사람을 조교수로 받아준대?"

"그게 아니고……."

"그게 아니고?"

"이해하려고 애써줄래?"

"늘 그래온 걸 가지고 새삼스럽게……."

"……이름 난 고등학교 나오고, 좋은 대학 나오고, 군대 생활 고생 안 하고, 성병 걸려본 적 없고, 좋은 직장에 들어오고…… 좋은 마누라 친구 삼게 되었고, 착하고 예쁜 딸들이 길동무 해주고 있고…… 해외 연수도 다녀보고, 유학도 가보고…… 제도권의 '컨베이어벨트'에 실려왔어. '컨베이어벨트'라는 게 뭐야? 지금까지 우리 사회를, 좋은 뜻에서 여기까지 굴러오게 한 게 뭐야? 정교하게 짜여진 거대한 망상조직의 '컨베이어벨트' 아냐? 초중고 차례로 졸업하면 좋든 싫든 대학에 들어가야 하고, 그것도 좀 쓸 만한 놈을 좋은 성적으로 쑥 나오면 학계 관계 재계 언론계 법조계 같은 거대 망상조직과 합류하고…… 일단 합류하면 조직의 '컨베이어시스템'에 올라간다. 그러면 된다. 조직은 생리상 거기에 합류한 동아리를 외방인들로부터 차별화하고 신변을 철저하게 보호해준다. 그렇다면 이 조직은 현대에 기능하는 유럽의 '부르〔城〕' 아냐? '부르' 안으로 들어가야 '부르주아지', 즉 '성내城內 사람'이 된다. 성 밖으로 밀려나면 '프롤레타리아'가 된다. 프롤레타리아가 뭐야? '불알 두 쪽밖에는 나라에 바칠 것이 없는 사람들'이라는 뜻이다. 취미가 별것이냐, 적성은 쥐뿔이다, '부르'에만 들어가면 중산층은 '오토매틱'이다. 우리 같은 인간은 그래서 거대 조직에 운명을 걸었다. 일에 걸지 않고 조직 자체에다 걸었다. 능률과 경쟁력은 조직 자체, 혹은 조직을 관리하는 국가가 알아서 관리해주었다. 그러고는 성내 사람들끼리 나누어 먹었다. 둘러봐라, 이것이 그 잔해다…… 그런데 지난 이 년 동안 여기에서 살아오는 도중에, 나 같은 인간이 바로 이류로구나, 나 같은 인간이야말로 바로 제도권의 식물인간이로구나, 하는 생각이 문득문득 들어서 미치겠어. 새로운 세계, 생경한 언어와 맞서 싸워본 유학 경험에서 생긴 자신감 때문일 거라고 생각해. 공부하고 싶어. 미치게 하고 싶어. 공부 자체가 미치게 하고 싶은 게 아니야. 공부에 미치고 싶어…… 알고 있는 것을 부리는 삶 말고, 모르고 있던 것을 들고파는 삶……. 이렇게 말하자. 관리자의 삶, 서비스 종사자의 허망함에 대한 절망이라고 하자."

"삼차산업 종사자는 억울하겠네. 나 같은 부엌데기는 더 억울하고?"

"그렇게 들렸다면 미안하고…… 새로운 존재의 획득? 긴장 상태의 회복? 에이, 너무 거창해."

"클리어하게 정의도 못 하는 사람을, 손 흔들어가면서 보내?"

"우리 사투리로 창조적인 제조업이라고 부르는 것에 대한 열망이라고 하자. 육 개월만 혼자 고생해줄래?"

"모처럼 부탁인데, 옆구리야 좀 시리겠지만 어쩌겠어? 미국 가서 공부한다는 핑계로 사고 치는 거 아니지?"

"알면서? 나는, 자동차 사고는 평생에 한 번밖에는 안 나는 거라는 생각으로 운전한다. 부부도 마찬가지다. 사고는 평생에 한 번밖에는 안 난다. 그리고…… 당신 겪어봤지만, 사고 치기에 나는 너무 상상력이 부족한 인간이다. 차라리 사고라도 칠 수 있었으면 좋겠다."

그는 가을 학기 개강 일자에 맞추어 출국했다.

내가 교과서적 인간이라고 믿던 남편의 첫 단독비행이었다.

미국에서 3년간 살다 온 큰애는, 대학에 합격만 하면, 부모 밑에서 살라고 해도 안 살고 혼자 살 테니까 나에게 제 아버지 있는 곳으로 가라고 했다. 1학년이던 둘째는, 우리만 좋다면 미국에서 고등학교를 졸업하고 대학까지 하겠노라고 했다.

언제든지 따라나설 준비가 되어 있다고 했다. 계획표 짜기에 어려움은 없었다. 나는 서울에서 대학 신입생들이 첫 등교하는 3월 초를 출국 일자로 잡았다. 큰애는, 집만 팔지 않고 살게 해주면, '룸메이트'를 구해 미국식으로 살 수 있겠노라고 했다. 둘째는 미국 고등학교 생활을 꿈꾸면서 케이블로 나오는 '주한미군' 방송을 끼고 살았다.

남편이 떠나고부터 컨베이어벨트에 실려 가기 '조차' 되지 않았다. '조차'라는 말을 쓰다니 나는 얼마나 뻔뻔스러운 행복의 만성 중독자인가. 남편에게 그랬듯이 내게도 한 번쯤 헤맬 광야가 필요할 모양이었다. 큰애는 대학에 낙방함으로써 '대학은 인생의 전부가 아니에요' 따위가 주는 상투적 표현의 뼈아픈 의미를 가슴에 새기는 기회를 얻었다. 상투적인 표현을 혐오하던 나에게도 큰애의 실패는, '여자만이 울어야 하나' 따위의 상투적 표현이 지니는 의미공간과 만나는 기회가 되었다. 나는 그즈음에 상투적 표현이란, 보편적인 정서의 화석이라는 것을 비로소 알았다. '나는 다시 태어나도 당신만을 사랑하리라'로 끝나는 유행가를 흥얼거리다 불쑥, 누구 마음대로, 하는 따위의 반응으로, 멀리 떠나 있는 남편을 원망하고는 했다.

나이 탓이라고는 인정하지 못하겠다.

밥 짓는 일에는 그게 무슨 생득적生得的인 것이기나 한 듯이 실수가 적었다. 밥 지을 때는 딸들을 생각했기 때문에 그랬을 것이다.

차 끓일 때 실수가 나날이 늘어갔다. 그를 생각하게 되어서 그랬을 것이다.

커피 메이커에 여과지도 끼우지 않고 원두커피 가루 퍼 넣는 일이 가끔씩 있었다. 커피 메이커의 여과지 위에 커피 가루 대신 설탕을 퍼 넣는 일이 가끔씩 있었다. 커피 잔에다, 커피 메이커에 넣어야 하는 커피 가루를 퍼 넣는 일이 가끔씩 있었다. 커피 메이커의 열탕기에다 정수한 물을 부어야 하는데, 커피 잔에다 붓는 일도 가끔씩 있었다. 커피 잔에 설탕 대신 소금을 퍼넣는 일도 가끔씩 있었다. 녹차 거르는 정관에다 커피 가루 퍼 넣은 일이 있었으니, 커피 메이커에다 녹차 집어넣은 일이 없을 수 없다.

심지어는 텔레비전 리모콘 번호 일곱 자리를 누르고는 신호가 가기를 기다린 적도 있다.

눈물이 났다.

남편에게서는 2년 전까지 우리가 살던 것과 내부구조가 똑같은 아파트 내부 사진이 날아왔다. 나 없이 깔끔하게 정돈된 살림살이가 간지러웠다. 그의 편지에, 교육학과가 주최한 '시뮬레이션(모형)' 전시회 얘기가 새삼스럽게 등장한 것이 재미있었다.

교육학과 시뮬레이션 얘기의 내역은 이렇다.

미국에 있을 당시의 일이다. 그는 어느 날 느닷없이 집으로 전화를 걸어 학교에서 참 재미있는 것을 보았노라면서 나에게 애들 데리고 경영대학원 앞으로 나오라고 했다. 나가보았더니, 거기에서 가까운 교육학과 강당에 마련된 '걸리버 나라' 시뮬레이션(모형) 구경하러 가자는 것이었다.

나는 교육학과가 그 전시회를 학교로 유치한 까닭을 이해했다. '유아가 인식하는 우리의 거실'은, 운동신경이 발달한 어른들에게도 도처에 위험이 도사리고 있는 무서운 세계였다.

체육관 크기의 강당에는 거인 걸리버가 살았음 직한 거대한 거실이 있었다. 소파 쿠션은 나도 기어오를 수 없을 정도로 높은 것은 물론, 크기가 웬만한 집채만 했다. 소파 사이에 놓인 탁자는 높기도 하려니와 높이가 우선 두어 길이나 되었고, 탁자 위에 놓인 전화기는 대형 마이크로웨이브 오븐만 했다. 서가는 고층 건물을 방불케 했고, 거기에 꽂혀 있는 책은 여행용 옷가방만 했다. 서가에서 뽑으려다 잘못해서 책 밑에 깔리는 날에는 치명상은 아니더라도 크게 다칠 것만은 분명해 보였다. 나와 두 딸에게 준 그의 그날 메시지는 간단했다. '입장 바꿔놓고 보기'였다.

"너희들 어릴 때 내가 이 시뮬레이션을 보았으면 좋았을 것을⋯⋯. 어린 시절의 너희들이 엄마 아빠의 거실을 어떻게 인식하는지 알았더라면 좋았을 것을⋯⋯. 그런데도 우리는 이런 시뮬레이션 있는 줄 모르고 살았으니⋯⋯."

그는 혼자서 밥 끓여 먹고 살다 보니 교육학과 시뮬레이션 앞에 서 있는 것 같다고 했다. 부엌이 전혀 다른 모양으로 보인다고 했다. 씻는 것이 귀찮아서 그릇 더럽히지 않으려고 있는 꾀 없는 꾀를 다 쓴다고 했다. 커피 잔은, 기름이 묻을까 봐 절대로 국그릇 가까이 두지 않는다고 했다. 전에는 밥그릇에다 국을 부어 말아먹기도 했지만 자기 손으로 그릇을 닦아야 하게 되고부터는 반드시 밥그릇의 밥을 국그릇에다 만다고 했다. 그래야 밥그릇에 국 기름이 묻지 않는다고, 대견한 발견이라도 한 듯이 썼다. 세제에 손이 거칠어지는 것은 물론 주부습진의 초기 증상이 나타난다는 하소연도 했다. 혼자 먹으려고 데워내다가 바닥에다 국을 엎지르고는 바닥에 엎드려 그것 닦고 있자니 눈물이 핑 돌더라는 사연이 내 가슴을 아프게 했다.

나는 그에게 써 보냈다.

……광야에 나갔으면, 약대 가죽옷 몸에 두르고 석청으로 끼니 때우던 세례 요한 각오쯤은 있어야지, 남자가 말이야, 아무리 반평생 남의 돈 숫자 놀음만 하던 사람이라도 그렇지, 사내가 그게 뭐야, 국 엎지르고 찔찔 짜고, 쩨쩨하게……

우리는 거의 매일 인터넷의 편지 보관함에서 만났다. 이것도 사이버공간이라고 하나? 아닐 것이다.

나는 그와 함께 거닐던 우면산길의 쓸쓸함을 글로 써서 편지 보관함에다 남겼다. 가로등 불빛에 묻어 들어온, 집 앞에서 일렁거리는 나뭇잎이 나를 견딜 수 없게 한다고 썼다. 그는 우리 가족, 특히 나와 거닐던 학교 안팎의 작은 공원길을 혼자 거니는 쓸쓸함을 글로 남기고는 했다. 둘이 보던 것을 혼자 보는 이

희한한 경험이 매우 불안한 예감을 안긴다는, 아닌 게 아니라 매우 어두운 사연을 남기기도 했다. 그러다 어느 날은 정신이 들었던지 제법 세게 나오기도 했다.

……사랑하는 아내야. 사랑하는 사람과 함께 거닐었다고 해서 해운대 백사장의 모래가 그 모래 밟던 사연을 각별하게 기억해주기를 바라는 데서 유행가는 시작된다. 의미 부여는 모든 달콤한 비극의 씨앗이 되는 것이다. 함께 놀던 님들이 지금은 어디에 있느냐고 자꾸 유달산을 조르지 말자. 모래는 모래고 유달산은 유달산이다. 거기에 의미를 부여하기 시작하는 순간부터 우리는 모래와 유달산의 참의미로부터 장님이 된다. 내가 인문지리를 하찮게 여기는 까닭, 종교에 묻어 있는, 인간이 부여한 튼튼한 의미 체계를 하찮게 여기는 까닭이 여기에 있었다. 도대체 무슨 소리야……

미국 대학의 여름방학이 가까워지고 있을 즈음인 5월 초순경이었다. 큰애가 대학입학시험의 재수를 포기하고 '토플' 쳐서, 가을 학기에 미국 대학에 합류하겠다는 결심을 굳힐 즈음이었다. 우리 세 모녀는 둘째의 1학기가 끝나는 7월 말경에 출국하기로 일정을 짰다.

20여 년 동안 버릇 든 월급쟁이에서 앞날이 불투명한 늙은 대학원생으로 변신하는데 어느 정도 성공을 거두었던 것일까? 전화를 통해 꽤 야한 농담이 거침없이 건너오고는 했다. 어쩌지? 밈시가 자꾸 유혹한다, 모르는 척하고 엎어질까, 이런 식이었다. 싫었지만, 혼자 견디는 중년의 욕구불만이 그런 식의 농담으로 해소된다면 그것도 건강한 증거이겠거니 싶었다.

"밈시가 그럴 턱이 없지. 내 얼굴이 있는데, 의리가 있는데 당신을 유혹해?"

"미국 여자에게 의리 기대하지 마라."

"아무리 미국 여자라도 일본 남자와 살아봤으니 의리 없으면 '진기仁義'라도 있겠지."

"와, 당신, 굉장하구나, '진기'를 다 알고."

"당구삼년음풍월堂狗三年吟風月이라고. 가르쳐주고도 심신이 피곤해서 잊었어?"

"……하도 적적해서 농담 한번 해봤어."

"농담인 줄 나도 알아. 밈시가 지금 퀘벡으로 건너가, 영어다 잊어버린 캐나다 사람들에게 영어 가르치고 있다는 거 다

알아. 당신 유혹할 새 어디 있어?"

"당신 정보도 꽤 빠르구나."

"한 주일에 거의 한 번씩, '메일' 오고 가는걸."

"그래도 자주 와. 친정아버지가 아직도 이 동네에 사는걸. 내게도 이따금씩 전화도 주고…… 밥도 한 번 먹었어."

"한 달에 한 번쯤 들른다는 거 나도 아니까, 조심해…… 참, 밈시가 퀘벡의 병원에서 자궁 수술을 받았대. 토끼 새끼만한 기름 덩어리를 적출摘出했다던가……. 부위가 부위인 만큼 위로 인사하기에는 적합하지 않겠다."

"자궁은 한낱 명사名詞에 불과하다."

"여자에게는 눈물 나는 일이라고……."

"아들 낳는 데는 선수였는데……. 이제 그럼 나도 틀린 건가……."

"당신 자꾸 헛소리하면 이번 여름의 유럽 여행에도 내가 쫓아갈 테니까 그리 알아."

전화기를 놓고서도 한동안 마음이 무거웠다. 부주의하게도 '아들'이라는 말을 입에 올림으로써 나를 머쓱하게 만든 것이 그 하나, 밈시가 퀘벡에서 위스콘신 나들이하면서 이따금씩 전화를 거는 것은 물론 밥도 같이 먹었다는 것이 그 둘, 자궁 들어내어 홀가분해진 밈시가 다시 한번 동양 삼국인 친구 수집에 나설 가능성을 전혀 배제할 수 없다는 것이 그 셋이었다.

나는 이따금씩 서울에서 퀘벡으로 전화를 걸어 밈시에게 내가 혼자서 얼마나 어려운 세월을 보내고 있는지 하소연도 하고 충고도 부탁하고는 했다. 어찌하오리까, 하고 묻고 하는 충고 부탁을 더 많이 했다. 나는 이로써, 내 나이에 이르렀어도 여전히 아름답고 매력적인 밈시를 전화나 인터넷을 통해서나마 근접 감시하고 있었던 셈이 된다. 사람의 마음, 알 수 없기는 하지만 설마 밈시가 내 남편의 마음을 혼란스럽게 하랴 싶은 쪽으로 내 마음이 더 기울었다.

6월이 되자 그는 유럽으로 떠났다. 두 달 예정이라고 했다.

신용카드회사에서 날아오는 청구서 결제, 우편물 관리, 은행 계좌 관리, 자동차 관리 등의 자질구레한 업무는, 같은 대학원에 다니는 고향 후배에게 맡겼다고 했다. 그는 파리에서, 유럽에 진출해 있는 대기업 주재원이라는 고등학교 동창, 비엔나 주재 우리 공관 관리인 대학 동창, 세계통화기금인가, 세계은행인가에 근무하는 통화관리전문가들과 어울려 연구소 설립

계획을 세운다고 했다. 내막을 잘 모르고 있던 나는, 하여튼 남자들, 동창 되게 좋아하네, 했을 뿐, 그저 그러려니 했다.

유럽으로 간 뒤로는 전화도 자주 오지 않았다. 바삐 움직이고 있었을 터이니까 당연하게 여겨졌다. 유럽의 호텔이 국제 전화비를 호되게 물리는 것도 이유 중 하나이거니 여겼다.

어떻게 해놓고 갔는지 궁금해서 위스콘신에 있는 그의 학교 내 아파트로 전화를 걸었다. 그의 고향 후배가 전화를 받았다. 인사를 주고받고 하다 보니, 면식이 있는 사람, 불행히도 한국인 사회에서 평판이 좋지 못하던 사람이었다. 월부금 납부 기일 넘기기를 예사로 하다가 월부로 산 자동차를 빼앗긴 경력도 있고, 음주운전하다가 노상에서 교통경찰관의 가위에 자동차 운전면허를 잘린 경력이 있는 사람이었다. 그는 고속도로에서 교통경찰관으로부터 과속 스티커를 네 차례 받은 것으로도 유명한 사람이었다. 스티커를 받자 오기가 났던 나머지, 한 번 받은 운전자에게 또 주랴 싶어서 과속하다가 두 번째 스티커를 받은 사람이었다. 이렇게 뻗대다가 오기 덩어리인 교통경찰관에 걸려 하루에 네 번이나 받은 것으로 유명한 사람이었다. 그런 사람에게 내 남편의 자동차와 은행 계좌 관리를 맡길 수 없겠다는 생각이 문득 들었다.

나는 그에게, 남편의 신용카드 청구서, 은행이 달마다 우송해주는 입출명세서, 그리고 개인 수표책을 내게로 보내줄 것을 부탁했다. 은행 계좌는 그와 나의 공동명의로 되어 있던 것인 만큼 수표에는 내가 서명해서 미국으로 보내도 상관이 없었다.

미국의 신용카드 사용금액 청구는, 월부 구매가 아닌 한, 사용금액을 한꺼번에 결제해야 하는 한국과는 달라서 '최저한도'를 밑돌지 않는 한 금액을 마음대로 정해서 보낼 수 있게 되어 있다. 말하자면 이자에 해당하는 금액만 보내면 지불을 언제까지 연기할 수 있도록 되어 있는 것이다. 하지만 기한을 넘기면 사정없이 '레이트 퓌'라고 불리는, 수십 달러씩의 가산금을 물리는 것이 보통이었다. 남편은 여러 장의 신용카드를 쓰는 만큼 제때에 수표를 써 보내지 못하면 수백 달러를 가외로 지출할 가능성도 충분히 있었다. 내가 서울에서 수표를 써 보낸다고 해도 항공 우편이 일주일이 채 안 걸리는 만큼 미국에서 보내는 것과 크게 다를 것이 없을 터였다.

나는 이렇게 해서, 보아서는 안 될 것을 보게 되고 만다. 아득한 옛 신화가 '세멜레의 운명'이라고 부르는 것, '악타이온의 운명'이라고 부르는 것과 나는 이렇게 해서 낯을 익힌 셈이다. 세멜레는, 보아서는 안 되는 빛의 신 제우스의 본모습을 보여달라고 졸랐다가 결국 그 모습을 보고는 그 위광威光에 타죽은 여자다. 악타이온은 목욕하는 사냥의 여신 아르테미스의 알몸을 본 죄로, 제 손으로 몰고 다니던 사냥개 이빨에 뜯겨 죽었다.

내가, 보아서는 안 될 것을 본 죄로 그들과 같은 벌을 받는다면 내 남편은 신인가? 턱도 없는 소리. 나는, 내가 진상이라고 믿던 것을 본 것에 지나지 않을 것이다.

나는 내 눈을 의심했다.

혼자 살던 그의 앞으로 배달되어 온 우편물 중에 다음과 같은 감사 편지가 어떻게 있을 수가 있었겠는가.

……김 선생님 부처夫妻께.

감사합니다. 사흘간에 걸친 하와이 해상 순항 여행에 김 선생님 부처를 모실 수 있었던 영광을 두고두고 기억하겠습니다. 추후에도 미합중국의 낙원 하와이에 들르실 기회가 있으시면 부디 편안한 마음으로 아래 번호로 전화를 주십시

오. 해상 순항 여행과 관계되는 일이 아니더라도 김 선생님
부처께 기꺼이 도움을 드리는 일을 또 한 번의 영광으로 삼
겠습니다.

운운.

나는 알고 있다. 미국의 회사들은 고객의 비밀보호에 신경을
많이 쓴다. 혼자 하와이 해상 순항 여행을 했는데도 불구하고,
오해의 소지가 많은 '김 선생님 부처' 따위의 호칭을 써서 감사
편지를 보내는 일을 미국의 회사는 절대로 하지 않는다고 해
도 좋다. 만일에 이 표현이 말썽을 빚어 결국 송사로 발전하고,
'김 선생님 부처'가 그 배에 타지 않았던 것으로 확인되면 회사
는 거액의 손해배상을 해야 하는 경우도 있기 때문이다. 따라
서 이런 편지를 받은 것만으로도 남편에게는 여성 동반자가 있
었다고 보아도 무방할 터이다.

떨리는 몸을 진정시키고 이번에는 신용카드 사용금액 청구
서를 일별해보았다. 문제의 감사 편지가 아니었더라면 나는 그
가 노출한 허점을 발견할 수 없었을 것이다. 그는, 상당수의 은
행 업무 종사자들이 그렇듯이 좁쌀에 홈을 팔 만큼 치밀한 사

람이었다.

남편이 나 아닌 여자와 은밀히 여행했다면, 그 목적지가 하와이였을 개연성은 충분히 상상할 수 있었다. 미국에 체재하고 있는 사람일 경우, 하와이는, 여권에 출입국 도장이 찍히지 않고도 드나들면서 해외의 이국정취를 즐길 수 있는 땅이다. 나는 남편이 누군가와 하와이에 다녀왔을 것이라고 일단 가정하기로 했다.

그렇다면 신용카드 사용금액 청구서에는 분명히 항공료, 숙박비, 식비 등의 여행비용이 청구되어 있어야 했는데도 불구하고 청구서에는 한 푼도 나타나 있지 않았다. 이번에는 은행의 입출명세서를 검토해보았다. 하와이로 여행했을 것으로 추측되는 '스프링 브레이크(봄방학)' 무렵에 은행의 현금인출이 상당히 늘어나 있었다.

나는 다음과 같은 잠정적인 결론을 내리지 않을 수 없었다.

……남편은 나 모르게 하와이 여행을 다녀왔다. 남편은 하와이 여행의 증거를 남기지 않기 위해 일체 신용카드를 사용하지 않았다. 신용카드, 혹은 은행의 현금카드를 이용한 현금인

출이 많은 것은 그 때문이다. 남편이 하와이 여행 사실을 나에게 숨기고 싶었던 까닭이 무엇일까, 그것은 동행자를 나에게 노출시키고 싶지 않았기 때문일 것이다……

　이상한 것은 그것뿐만이 아니었다. 그와 일주일에 몇 차례씩이나 했던 전화 통화에 따르면 그는 경영학 대학원이 있는 '해먼 홀'과 교내의 아파트 사이를 '다람쥐 쳇바퀴 돌듯이 왔다 갔다' 했어야 했다. 그러나 청구서에는 다른 도시, 다른 주州의 주유소나 음식점으로부터의 청구 내역이 상당수 포함되어 있었다. 나는 청구서 내역에 등장하는 도시 이름을 미국 지도에서 찾아 선으로 이어보았다. 시카고, 인디애나주의 버제니, 오하이오의 쿱튼타운, 그리고 오하이오의 콜럼버스……. 그가 약 10개월 동안 혼자 미국에 머물면서 위스콘신에서 머나먼 오하이오의 콜럼버스까지 두 차례나 자동차로 왕복했다는 결론을 내리기는 어려운 일이 아니었다. 나로서는 그 대장정을 가능하게 했던 드라마에 무엇이 배후로 도사리고 있는지 전투적으로 궁금하지 않을 수 없었다. 하와이 여행 건만 아니었다면 나는, 남편이 혼자 자동차를 몰고 지향없이 다녀보고도 싶었던 게로

구나, 이렇게 생각하고 말았을 것이다.

나는 퀘벡에 있는 밈시 헤스터에게 전화를 걸었다. 밈시는 퀘벡에 있지 않았다. 자동응답기는 8월 말에야 돌아올 것이라고 했다. 다시 위스콘신에 있는 그의 친정으로 전화를 걸었다.

"아, 명자…… 명자는 언제 남편과 합류해요?"

나는 밈시 친정아버지의 안부를 물었다. 밈시는, 친정아버지의 혈압이 심상치 않아서 여름 여행은 아무래도 불가능할 것 같다고 말했다.

시시콜콜한 상투적인 인사 끝에 내가 지나가는 말로 물어보았다.

"밈시…… 혹시 오하이오주 콜럼버스로도 가르치러 가나요?"

"에이, 거기를 내가 왜? 퀘벡 일만 해도 '풀타임'인데……."

"여행 못 하면 주말에 위스콘신에 머물겠네? 나 주중에 위스콘신 갈까 하는데……."

"에이, 남편 있을 때 오지…… 남편 여행 떠났는데 뭣 하러 와? 숨바꼭질하게?"

나는 섣불리 건드리면 밈시가 입을 다물어버릴 것 같아서 정교한 핑계를 대고 주중에 위스콘신으로 갈 것이라고만 했다. 밈시, 밈시, 밈시······. 밈시의 음성은 예나 다름없이 맑고 다정했다.

"······명자, 목소리가 흥분해 있는 것 같은데, 알고 있나요?"

"물론. 이 년 만에 하는 여행인데······."

2년 만에 하는 여행이 매우 슬픈 여행이 될 것이라는 예감 때문에 내 목소리는 심하게 떨리고 있었을 것이다.

나는 7월 말까지 기다릴 수가 없었다. 잠깐이라도 다녀오지 않고는 숨이 막혀 견딜 수 없을 것 같았다. 밈시의 얼굴도 자주 내 앞을 어른거렸다.

미국의 각급 학교가 방학에 들어가면서 여행 성수기가 시작되는 바람에 항공 스케줄 잡기가 쉽지 않다. 힘겨운 절차를 마치고 떠난 머나먼 길이었다. 서울에서 동경 경유해서 디트로이트까지, 디트로이트에서 다시 시카고까지, 시카고에서 다시 매디슨까지의 긴긴 하늘 여행은 기억하고 싶지도 쓰고 싶지도 않다. 공항에서 남편의 아파트로 전화를 걸어, 고향 후배라는 사람에게 자동차를 몰고 공항으로 나와달라고 하려다, 아무래도 그러지 않는 게 좋을 것 같아서 공항에서 자동차를 빌렸다. 그의 아파트로 가보았지만 문은 잠겨져 있었다. 고향 후배라는 사람의 연락처까지는 내게 없었다.

학교 내 아파트에서 3년 동안 살아본 경험이 크게 도움이 되었다. 나는 '하우징 오피스(교내 주택관리소)'로 차를 몰았다. 나는 낯익은 계원에게, 한국에서 갓 도착했다면서 남편이 살고 있던 아파트 동 호수를 대고는 배우자용 열쇠를 요구했다. 계원은 남편의 '파일'에서, 장차 도착할 동반자 이름을 확인하고 내 여권과 대조한 다음 열쇠를 내어주었다.

내 손 간 자취가 없는 남편의 방을 보는 느낌은 야릇했다. 망령이 되어 남편의 방을 찾아든 듯한 섬찟한 느낌을 어쩔 수 없었다. 집 안에, 여자의 손 지나간 흔적 같은 것은 보이지 않았다. 욕실을 보아도 그렇고 침실을 보아도 그랬다. 침실 탁자 위에는 서울에서 가져간 낯익은 벼루가 놓여 있었다. 탁자 밑 칸막이에 쌓인 신문지에 먹물 자국이 군데군데 묻어 있었다. 밈시에게서 초서 쓰는 법을 배우고 있는 것일까, 싶었다.

책도, 학교도서관에서 대출한 책이 몇 권 더 있었을 뿐, 서울에서 가져간 것에서 더 는 것 같지 않았다. 서가 위에 명함 다발이, 고무줄에 칭칭 감긴 채 놓여 있었다. 차례로 읽어보았다. 경영학과 교수들 명함, 미국에서 만나 받은 것인 듯한, 내가 모르는 한국인들 명함, 밈시 헤스터의 퀘벡 주소가 찍힌 새 명함, 국제대학의 이민국 촉탁직원의 명함, 한자 이름이 내 이름과 똑같은 교육학과 조교수 '아키코 다니자키谷崎明子'라는 여자 명함, 중고 자동차 가게 에이전트의 명함, 자동차 보험회사 '트리플 에이(AAA)'의 로고가 찍힌 명함…… 내 육감에 특별히 잡혀드는 명함은 없었다.

벽에는 일정 관리에 쓰이는 '오가나이즈(계획표)'가 걸려 있었다. 7월 말의 일정이 맨 먼저 눈에 들어왔다. 7월 28일, 가족 입국, 공항 출영, 스테이크 하우스 예약, 오후 4시, '하우징 오피스'에서 배우자 열쇠 '픽업'…….

그런데 유럽에서의 도착 날짜가 이상했다. 7월 하순에 유럽 여행을 끝내는 줄 알았는데 놀랍게도 떠난 지 일주일 만인 6월 11일 목요일에 학교에 도착하는 것으로 되어 있었다. 11일 다니자키와 저녁, '럼버잭'에서…… 시차로 흐리멍덩해진 정신을 가다듬고 '오가나이즈'의 요일과 일자를 확인했다. 틀림없는 6월 11일 목요일이었다.

다니자키와 저녁? 11일이면 내일인데…….

'다니자키'는 누구?

들어본 적이 있는 이름, 읽어본 적이 있는 이름 같았다.

명함을 한 장씩 다시 읽어보았다. '교육학과 조교수 아키코 다니자키'의 바로 그 다니자키일 가능성이 있었다.

……내일이라고……. 도망칠 것인가, 분연히 맞설 것인가…….

도망칠 데가 없었다.

나는, 그 집에 속하지 않는 것 같아서 거실 소파에 앉을 수조차 없었다. 밈시에게 전화를 걸었다.

"벌써 왔구나!"

전화통 속에서 밈시는 기다리고 있었다는 듯이 말했다.

학생회관의 작은 찻집에서 밈시를 만났다. 밈시의 포옹은 여전히 따뜻했다. 밈시는 포옹할 때면, 세게 껴안으면 내가 터져버리기라도 하는 듯이, 가만히 껴안고 한 손으로 내 등을 두드리며 몸을 가볍게 몇 차례 떠는 버릇이 있었다.

……밈시, 너냐?

이렇게 물을 수는 없는 일이었다.

……밈시, 나 좀 도와줘요.

밈시가 장본인일 가능성을 당시로써는 아주 배제할 수 없는 터라서 이렇게 말할 수도 없었다.

우리 둘 사이에 거북한 침묵이 감돌았다. 나는 밈시 역시 우리 사이를 흐르는 침묵은 거북하게 여기고 있는 듯한 인상을 받았다. 밈시는 다변가여서, 오래간만의 만남을 침묵으로 낭비할 여자가 아니었다. 나는, 내가 흥분해 있는 까닭을 밈시는 알고 있으리라고 생각했다. 나는 밈시의 말문을 열어주지 않으면 안 되었다.

"밈시, '아키코 다니자키'라는, 필경 여자일 텐데, 알아요?"

"명자는 잊었어요? 내가 한때 '밈시 다니자키'였다는 걸……. 지금은 다시 밈시 헤스터로 돌아왔지만……."

"아, 그래서 어쩐지 귀에 익은 듯한 이름이다, 했지. 이 다니자키가 그 다니자키예요?"

"누이동생이에요. 나도 좋아해요. 오빠인 악질 '이치로 다니자키'와는 질적으로 달라서……. 그런데 어떻게 알아요? 아키코 다니자키를?"

"한자로 쓰면 공교롭게도 내 이름과 똑같답니다. 일본말로
는 '아키코'라고 읽지만요."

"그렇구나…… 나는 몰랐어. 한자로 쓰인 명자 이름을 본 적
이 없어서."

"밈시, 내 기억이 정확하다면 당신의 아들 '가즈오'가 하와이
에 있다고 한 것 같은데……."

"정확하네요."

"아키코 다니자키도 하와이와 무슨 관계가 있나요?"

"왜 없겠어요? 이민 일세인 다니자키 부부가 아직도 하와이
에 살고 있는데……."

"아키코 다니자키는 이 근처에 살고 있는 모양이지요?"

"여기에서 대학원 마치고, 교육학과에서 가르치고 있으니
까……."

"아키코 다니자키 교수와 오하이오주 콜럼버스와도 무슨 관
계가 있나요?"

"내가 아는 한, 아키코는 하와이에서 고등학교 졸업하고 학
부學部를 콜럼버스에서 했어요. 지금도, 콜럼버스의 일본인들

이 주도하는 '아시아태평양지역' 문화 교류 업무와 관련을 맺고 있는 것으로 알고 있어요. 다니자키 집안은 홋카이도北海島 출신이에요. 이상한 일도 다 있지. 홋카이도 출신 일본인은 하와이에 못 사나 봐요. 사람은 나라나 대륙은 옮겨가면서 살아도 위도대緯度帶는 못 옮기나 봐요. 이 위스콘신까지 기어이 올라오고 마는 걸 보면……."

"나는 오늘 운이 좋군요."

못나게도 나는 '운이 좋다'고 하고서야 아뿔싸 했다. 밈시가 금방이라도, 그래, 운 한번 기가 막히게 좋다, 고 나를 비아냥거릴 것 같았다. 그러나 밈시는 나를 비웃지 않았다.

장고長考 끝에 나온 듯한 밈시의 말 한마디가 나의 추측을 사실로 확인시켜주었다.

"……나도 운이 좋았어요. 명자, 당신 역시 굉장하네요……."

남편은 밈시 가지고 먼지를 피웠던 것임에 분명했다.

성동격서聲東擊西…… 이 한마디가 생각났다.

남편은 다음 날 오후 8시쯤 도착했지만 다니자키 아키코와

'럼버잭'에서 하기로 한 저녁 약속을 지킬 수는 없었다. 그는 포옹을 거칠게 거절한 나에게 설명할 것이 너무 많았다. 먼저, 두 달 예정이던 유럽 여행을, 적어도 나에게는 그렇게 통보한 여행을 단 한 주일 만에 끝내고 위스콘신으로 돌아온 까닭부터 설명해야 했다. 그다음에는 일정표에는 분명히 6월 11일에 돌아오는 것으로 계획해두고 나에게는 7월 하순에 돌아오겠다고 한 까닭을 설명해야 했다. 그에게는 설명할 것이 많았다. 하와이 여행도 설명해야 했고, 콜럼버스까지 아키코를 데리고 다닌 까닭도 설명해야 했다. 그 설명이 끝나면 무엇보다도, 다니자키 아키코에게, 나와 두 딸 얘기를 전혀 하지 않은 까닭도 설명해야 했다.

　"⋯⋯."

　그는 하나도 설명해내지 못했다. 설명했다고 하더라도 나는 여기에다 그것을 기록하지는 않았을 것이다. 쓰는 것이 싫다.

　"당신도 결국은 수컷이었다, 그지?"

　"⋯⋯."

　"수컷 우월주의의 관성慣性이 무섭기는 무섭다, 그지?"

　"⋯⋯."

"노력해봤어? 관성에 저항한다며?"

"……"

"이러자고 도망친 거야?"

"……"

내가 어쨌는데…… 이래줄 수 있었으면 좋았을 것을. 그러나 그는 변명도 발명도 하지 않았다.

이때부터 일어난 일을 나는 아주 흐릿하게밖에는 기억하지 못하겠다. 나는 초라한 그의 모습에서, 내진설계가 되어 있다던 구조물이 하와이의 용암에 무참하게 깔려버린 모습을 잠깐 떠올렸던 것 같다. 거실에 어정쩡하게 선 채로 부르르 떨면서, 두 딸을 생각하면서, 발밑이 패이는 바람에 와르르 무너져내리면서 그 용암에 함께 깔린 우리들 모습을 잠깐 떠올렸던 것 같다. 나는, 완강한 부인과 확신에 찬 해명을 기다렸던 것 같다. 그러지 못하는 그의 침묵을 내 추측의 추인으로 나는 받아들였던 것 같다. 나는 도무지 어찌해야 좋을지 몰라서 침실로 들어갔던 것 같다. 그가 따라 들어오면서 내 어깨를 껴안았던 것 같다. 내가 돌아서면서 어깨를 밀자 그는 나의 가슴에 얼굴을 파묻으려고 했던 것 같다. 밀고 당기고 밀고 당기고 하다가 나는 그만 구역질이 나서, 견딜 수 없어서, 머리가 횅해진 무심결에, 탁자 위에 놓여 있던 벼루를 집어 그의 머리를 내리쳤던 것 같다.

던졌던가? 그는 무너졌던 것 같다. 그를 믿고 의지해서 살던 나도 함께 무너져 내렸던 것 같다. 두 딸을 생각했던 것 같다.

내 세대 자매들과 다음 세대 딸들에게 써서 남긴다. 쓰고 나니 조금 후련하다. 슬픔이 가라앉힌 모양이다.

사랑하라. 이것은 딸들이 누릴 수 있는 특권이다.

싸워라. 이것은 딸들이 지켜야 하는 원칙이다.

특권을 원칙에 앞세워서는 안 된다.

그러면 둘 다 잃는다.

친숙함 안에서의 자기 상실,
혹은 편집증적인 사랑

류보선 (문학평론가)

1

　결론부터 말하자. 이윤기의 『진홍글씨』는 문제적이다.

　『진홍글씨』의 문제성은 우선 남성작가에 의해 쓰인 이 소설
이 여성 억압적 현실에 대한 비판을 서사화하고 있다는 점에
있다. 이제까지 남근중심적 사회에 대한 비판은 여성작가의 전
유물이었다. 특히나 90년대 들어서는 수많은 여성작가들이 남
성에 의해 혹은 남성에 비해 철저하게 훼손된 여성의 삶에 주
목했으며, 그 결과 여성문제를 다룬 소설은 90년대 문학의 가

장 거대한 줄기로 자리한 바 있다. 90년대 들어 이처럼 여성문제를 다룬 소설이 90년대 문학의 중심영역을 형성한 데에는 물론 여러 가지 이유가 있을 터이지만, 그 중 핵심적인 요인은 아무래도 여성 억압적인 현실이 지금, 이 시대 우리의 삶을 황폐하게 만든 근본적인 모순으로 인지되기 시작했다는 점에 있을 것이다. 다시 말해 90년대에 접어들어 여타의 모순(예컨대 계급모순, 분단모순)이 상대적으로 우리 사회를 규정하는 영향력이 약화되면서 남성중심의 현실운영원리, 즉 여성성의 배제와 희생 위에서 건설된 모든 제도나 삶의 방식이 단지 여성들의 삶을 극도의 황폐함으로 몰아갈 뿐만 아니라 우리 사회 구성원 전체의 삶을 훼손시키는 중요 모순 기제로 포착되기 시작한 것이다. 따라서 90년대에 집중적으로 쓰인 여성소설은 우리가 별다른 의문 없이 절대시했던 많은 제도나 인식틀 등에 근원적인 반성을 촉구했다는 점에서 그 의미가 남다르다. 단지 여성으로 태어났다는 이유만으로, 그리고 단지 남성으로 태어났다는 이유만으로 삶의 질의 상당 부분이 결정되는 이 또 다른 형태의 비인간적인 예정조화의 사회에서 인간의 풍요로운 삶을 기대하기란 애초부터 불가능할 것이며, 동시에 이타적이고 공동체적인 여성성을 배제한 진리관이 인간의 생동성을 촉진시킬 수 없음 또한 분명하겠기 때문이다. 하지만 남성작가들은 이 중차대한 문제에 대해 철저히 침묵해왔을 뿐만 아니라 오히려 이러한 관심에 대해 극도의 반감을 표출한 바 있다. 이러한 점을 감안한다면 남성작가인 이윤기가 이 문제를 정면으로 서사화했다는 점은 기존의 문학의 장場의 구조와 역사를 거스르는 대단한 서사적 모험이라 할 만하다.

그러나 모든 모험이 성공적으로 완수되지는 않는다. 어설픈 모험은 종종 거대한 반작용만을 불러오기도 한다. 현실을 거스르려는 모험이 오히려 현실의 변화를 원치 않는 대부분의 사람들에게 기존의 삶의 방식을 고수할 수 있게 하는 방어기제로 작용하는 셈이다. 현실을 부정하려는 모험은 이처럼 의도와 전혀 다른 결과를 낳기도 하거니와, 하여, 새로운 모험에는 항시 기존의 규범보다 한 차원 높은 규범이나 질서를 세우려는 '차가운' 열정이 동반되어야 한다. 『진홍글씨』가 문제적인 이유는 이 소설 전반에 바로 이 '차가운' 열정이 스며 있기 때문이다.

『진홍글씨』는 어느 여성작가의 작품 못지않게 여성 억압적 현실을 뜨겁게 비판하지만 여기에서 멈추지 않는다. 『진홍글씨』는 계속 탐색해 들어간다. 그리고 묻는다. 여성 억압적 현실 어떤 측면에서 여성뿐만 아니라 인류 전체의 삶을 제약하는 중요한 요인이며 동시에 수많은 비판에도 불구하고 여성 억압적 현실이 계속 유지되는 궁극적인 요인은 무엇인가라고. 이런 연후에 『진홍글씨』는 다음과 같이 답한다. 남성중심의 사회운영원리는 사회적 내용과 형식, 주체와 객체, 이데올로기와 실재 사이의 변증법적 인식을 차단하는 거대한 이데올로기이며, 따라서 남성중심의 사회에 순응하며 사는 한 어떠한 개인도 주체와 객체를 의미 있게 병존시키는 삶을 유지할 수 없다. 여성 억압적 삶이 유지, 존속되는 이유 역시 각각의 개인, 아니면 사회 전반이 사회적 내용과 형식 사이의 간극을 좁히려는 노력을 치열하게 수행하지 않기 때문이다. 이상이 『진홍글씨』가 여성문제에 접근하는 바로 그 문제틀이다.

이 문제틀은 이제까지 여성문제에 대해 주어진 시선을 고려하면 매우 주목할 만하다. 이제까지 여성 억압적 현실에 대한 비판은 주로 직접적이고 물리적인 남성의 폭력을 중요 매개로 제시한 바 있다. 그러나 이러한 서사적 관습은 남성중심의 비인간적 사회상을 예각적으로 드러내는 데는 효과적인지 모르지만 강렬하고도 직접적인 효과를 위해 너무 많은 것을 희생한 느낌이다. 남성의 물리적인 폭력 그것이 너무 강조되어 그 물리적인 폭력만 없다면 마치 여성 억압적 현실은 존재하지 않는 듯한 허위의식을 유포시켰으며, 동시에 남성의 물리적인 폭력이 직접 가해지는 공간, 곧 가족에 대한 거부감으로 인해 불임의 사랑을 꿈꾸거나 모성을 거부하는 극단적인 선택을 유일한 비상구로 제시하기까지 한다. 90년대 집중적으로 씌어진 여성소설은, 한마디로, 남성중심의 폭력적인 사회에 맞서기 위해 자학적인 삶을 선택하거나 아니면 사회 역사적으로 형성된 성적 차별에 맞서기 위해 자연적인 성을 부정하는 양상을 보였던 셈이다. 이는 한편으로는 한국사회에 성적 차별이 그만큼 철저하다는 것을 말해주는 것이기도 하지만, 다른 한편으로는 현재의 성적 차별을 형성시킨 사회 역사적인 맥락이나 인식론적 조건을 철저하게 분석하지 않은 채 다만 넘어서기 힘든 거대한 벽으로 설정, 절대화하는 문제의식에 연유하는 것이기도 하다. 그렇다면 우리에게 필요한 것은 어떤 방식으로든 현재의 성적 차별이 어떤 이유 때문에 비인간적이며 이러한 비인간적 성격에도 불구하고 어떤 연유로 지속되는지를 밝혀내는 작업인지도 모른다. 『진홍글씨』는 이러한 상황에 비추어볼 때 충분히 의미 있는 참고자료이며, 이 작품에 대해 문제적이라는 적극적인 평가를 내린 것도 이 때문이다.

이로써 『진홍글씨』를 관류하는 문제틀이 지니는 의미는 어느 정도 드러난 셈이거니와, 이제 우리가 해야 할 일은 『진홍글씨』의 만만치 않은 문제의식이 어떠한 서사적 구조를 통해서 형상화되는지를 확인하는 작업이다. 새로운 문제의식은, 그 문제의식에 철저하면 철저할수록, 항시 기존의 서사적 틀을 불신하고 새로운 틀을 모색하는 법. 따라서 한 작품의 서사적 구조란 곧 문제의식의 철저함 여부를 검증할 수 있는 중요한 지표라면, 『진홍글씨』의 서사적 구조를 해명하는 작업은 곧 『진홍글씨』의 전체를 꿰뚫고 있는 문제의식의 진정성 정도를 측량하는 것에 다름아닐 터이다. 『진홍글씨』는 어떠한 서사적 구조를 지니고 있는가. 다시 말해『진홍글씨』의 모든 서사적 구조를 형성시킨 문제의식은 어느 정도로 진정한가. 이제야 비로소 우리는 이 문제에 답할 지점에 이르렀다.

2

여기 한 여자가 있다. 그녀는 "가부장제의 종"인 아버지와 "그 아버지의 종"인 어머니 사이에서 태어나고 어머니가 그러했듯이 "지아비의 종이 될 것을" 그리고 그것이 "세월에 알맞은 평화의 길"이라는 가르침을 받으며 성장한다. 그 가르침대로 살았고 두 딸을 둔 어머니로서 그런대로 평화로운 삶을 유지한다. 그녀는 표면적인 평화에 너무 깊이 빠져들어 그녀에게로 수시로 다가드는 불길한 징후들을 눈치채지 못한다. 그녀의 오빠가 결행했던 잇단 이혼의 배후에 아들이 없다는 이유가 깊숙이 잠복해 있다는 사실을 읽어내지도 못하며, 그녀 동생이 득남을 하자 그녀의 아버지가 던진 일성인 "너는 우리 집안의 희망이다. 다른 것들은 다 헛것들이다."라는 표현에 담긴 음험한 이데올로기에조차 큰 관심을 기울이지 않는다. 물론 어떤 때는 여성이라는 이유만으로 경험해야 하는 부당한 대우에 대해서 문득문득 분노를 느끼지 않은 것은 아니다. 오랜만에 이루어지는 가족 간의 해후, 인사가 시작된다. 순서는 당연히 장남부터. 2남 1녀의 둘째인 딸의 차례는, 그러나 '집안의 희망'인 손자 다음에 주어진다. 이런 부당한 위계질서에 분노를 느끼지만, 모든 것을 아버지의 유별남 정도로 돌린다. 어쨌거나 그녀는 "사랑, 가정, 행복" 같은 세속적인 황홀경에 눈이 멀어 아무것도 볼 수 없었던 것이다. 그러나 믿었던 남편의 배신. 그녀는 드디어 "마흔을 넘긴 어느 날" 여성이라는 "성의 비극"에 눈뜨고, 다음과 같은 출사표를 던진다.

내 아버지는 가부장제의 종이었다. 내 어머니는 그 아버지의 종이었다. 어머니는 당신이 그러하듯이 나에게도 지아비의 종이 될 것을 바랐다. 그것이 우리에게 버릇 든 세월에 알맞은 평화의 길이라고 했다.

나는 어머니의 말을 옳게 여겼다. 현모양처는 듣기에 참 좋은 말이었다. 어머니의 당부는 내 삶을 평화롭게 했다. 표면적으로나마 평화롭지 않았더라면 나는 이 불공정거래의 진상을 조금 더 일찍 발견할 수 있었을 것이다. 현모양처는, 남성의 집단 무의식이 현상懸賞한 허울뿐인 호칭에 지나지 않았다. 현모가 있을 뿐, 양처는 존재하지 않는다. 양처는 엄한 주인을 잘 섬기는 착한 노예의 다른 말에 지나지 않는다.

나는 내 딸에게는 지아비의 종이 되라고 하지 않겠다.

나는 세상의 남성에게 말할 수 있다. 세상의 남성은, 딸에게 바라지 않는 것은 아내에게서도 바라지 말아야 한다. 남성은, 딸이 처하게 되기를 바라지 않은 상황에는 아내도 처하게 해서는 안 된다. 그래야 공정하다. 그런데 남성은 공정한가?

이 출사표에 따르면 현재의 일부일처제는, 그리고 일부일처제의 유지를 위해 여성들에게 강요되는 현모양처라는 이데올로기는, '불공정거래'다. 여성의 일방적인 희생의 다른 표현인 현모양처라는 이데올로기에 의해 존속되는 일부일처제란 남성과 여성을 주인과 노예 사이의 관계, 지배 피지배의 관계로 묶는 제도일 뿐이라는 것이다. 일부일처제는 인격과 인격 사이의 가장 완미한 결합형태인 낭만적 사랑의 가장 적절한 형식으로 포장되지만 이때의 낭만적 사랑이란 결국 남성과 여성 사이의 지배, 피지배의 관계를 용인하는 결합의 다른 표현에 불과하다고 『진홍글씨』의 화자는 말한다.

우리가 『진홍글씨』를 주목하는 것은 이 소설이 세상을 향해 위와 같은 출사표를 던졌다는 사실 때문이 아님은 물론이다. 위와 같은 출사표는 이미 우리에게는 익숙한 것이어서 어떤 충격도 안겨주지 않는다. 일부일처제가 불공정 거래라는 출사표만큼 자주 제기된 주장이 있을까. 그렇다면 『진홍글씨』는 대체 어떤 점이 문제적인가.

『진홍글씨』가 풍요로운 작품이 될 수 있었던 데에는 물론 여러 요인이 개입되어 있다. 작가가 수많은 고전을 번역하면서 자기화한 듯한 풍부한 교양적 사실이 소설의 적재적소에 배치되었다든가 또는 문명사에 대한 작가의 통찰력이 돋보인다거나 하는 점은 『진홍글씨』에서만 맛볼 수 있는 이 작품의 중요한 매력임에 틀림없다. 하지만 『진홍글씨』에서 단연 빛나는 대목은 작중화자로 설정된 그녀의 남편과 관련이 깊다. 결론적으로 말하자면 『진홍글씨』의 남편의 형상은 이제까지 여성문제를 다룬 소설에서는 볼 수 없었던 흥미로운 인간형이며, 『진홍글씨』의 남다른 문제의식이 풍부한 서사적 육체성을 획득할 수 있었던 것도 바로 이 인물의 형상과 관련이 깊다.

후에 화자인 그녀를 배반해 여성 자체의 비극성에 눈뜨게 한 바로 그 인물인 그녀의 남편은, 우리가 자주 보아왔던 가족 내에서 일상적인 폭력을 일삼거나 아니면 한 가족의 중심으로서 그 권위를 강요하는 독재적이고 독선적인 성격과는 거리가 멀다. 오히려 그는 여성에 대한 고려가 남다른 인물이다. 그리고 그 배려도 힘겨운 삶을 이어나가야 하는 여성에 대한 동정심에 그치는 것이 아니다. 그는 여성 억압적 현실의 역사적 연원이나 그 현실이 인간에게 가져다주는 비극성을 너무나 분명히 자각하고 있는 인물이다. 뿐만 아니라 그는 여성문제가 문명사적 맥락에서 발원한 만큼 전 사회구성원의 철저한 실천 의지가 모아지지 않고는 여성문제의 해결이 불가능하다는 사실을 잘 알고 있다.

딸 기르면서야 나는 비로소 알게 되었다. 내가 입버릇 삼아 하는 말이거니와, 아들이 아비 본받고 딸이 어미를 그린다는 옛말 그르지 않다면, 그리고 나에게는 아들이 없다만 만일에 아들이 있다면 내 아들은 장차 당연히 그래야 할 것처럼 나같이 모르쇠 책상다리를 하고 집안 여자 부리다 이따금씩 한 차례 호통으로 풍속 다잡으려 할 것이고, 딸들은 당연히 그래야 할 것처럼 낯선 가문의 부엌에서 종처럼 일하다 명절 끝나면 굽은 허리 펴면서 눈물 떨굴 것이 확실하다. 이게 악습인 것을 비로소 알았으니 한심하다. '해피 투게더', 함께 행복해야 하는 것을……. 나는 내 딸 그렇게 하게 하고 싶지 않다. ……(중략 ─ 필자)…… 지금이 어느 시대인데? 산업화 시대를 지나 정보화 시대에 와 있다. 컴퓨터, 그거 힘으로 하나? 인터넷 정보검색? 그거 힘으로 하는 거 아니지. 그래픽이 발달하면서 할리우드의 스턴트맨들이 무더

기 실업이다. 아, 수컷들, 한때 잘 나갔지. 농경시대 수컷 우
월주의를 보장해주던 남성의 그 무서운 힘과 찬란한 기술,
지금 어디에 가 있는데? 체육관에 가 있잖아? 이제는 박격
포 둘러메고 다니면서 싸우는 시대가 아니라고. 사관학교가
여성 생도를 받아들이고 있는 것을 보라고. 이것도 모르는
채 시대 요량 못 하고 거들먹거리는 남자들, 여자들이 가만
두지 않을걸. 보라고, 벌써 여성 대반격의 조짐이 도처에 나
타나지 않느냐고……. 이것도 모르고 네 일이다, 내 일이다
하고 싸우다 깨어지는 가정이 도처에서 생겨나고 있지 않느
냐고?

그는 사회적 생산과 생존이 물리적인 힘에 의해서 가능하던
시대, 강한 힘을 지닌 남성이 보다 사회에 기여하는 부분이 높
던 시대에 남성이 여성보다 높은 위치를 차지했던 것이 나름
대로 공정한 거래였다면, 이제 이러한 사고는 낡은 가치관이
자 치명적인 도덕률이라고 규정한다. 동시에 그는 남성중심의
가치관을 지금의 황폐하기 짝이 없는 현상황을 유지하려고 하

는 이성의 파괴형식이자 자신을 지키기 위해 변화한 현실에서 목도하는 친숙한 경험마저 부정하는 광기의 이성이라고 진단한다. 또한 그는 여성에 대한 진실한 인격적 배려는 모든 사람이 떠받드는 우상을 파괴하는 것과 마찬가지이기에 처절할 정도의 용기와 결단이 필요하다는 사실을 인지하고 그것을 일상적으로 실천하는 인물이기도 하다. 어느 정도인가 하면 화자가 "남편이야말로 그런 말을 할 자격이 있는, 희귀한 미덕의 소유자라고 믿"을 정도였던 것이다.

이 남편이 그녀를 배신한다. 다른 여성을 좇아 나섰던 것. 이 배신행위를 매개로 그녀는 여성 자체의 비극에 눈뜬다. 그리고 '아마존'의 충실한 후예가 될 것을 선언한다. 더할 나위 없이 여성문제에 대해 자각적이며 선진적인 의식을 지녔던 남편의 배신과 주인공의 각성이라는 사건은 이 소설을 풍요롭게 한 중요한 장치이며 서사적 단위이다. 그것은 두 가지 때문이다. 하나는 이 소설에서 여성 억압적 현실에 대한 비판은 주로 남편의 말을 통해 제시되는바, 이러한 매개적 인물을 통한 주제의 제시로 인해 주제의 직접적 표현을 아주 효과적으로 피해갈 수 있었다는 것이다. 즉 남편은 낮은 차원의 그녀의 의식을 높은 차원으로 전화시키는 중요한 욕망의 매개자이고 이 욕망의 매개자가 갑작스레 적대자로 돌변하면서 그녀의 막연한 의식은 구체적인 분명한 의식으로 전화하는 셈인데, 이 일련의 서사적인 단위를 통해서 이 소설의 주제는 아주 자연스럽게 스며나온다. 부분과 전체, 묘사와 서사, 우연성과 필연성의 절묘한 조화라 할 만하다. 여성 억압적인 현실에 대해 자각적이었던 남편의 배신과 주인공의 각성이라는 서사적 단위가 효과적인 또 하나의 이유는, 이 서사적 단위가 설정됨으로써 여성 억압적 현실이 불길한 욕망을 떨치지 못한 예외적인 남성들의 폭력성에 촉발되는 것이 아니라 현사회의 모든 제도나 현사회를 휩싸고도는 불길한 분위기 전체에 그 뿌리가 닿아 있다는 사실이 효과적으로 제시되었다는 점이다. 그녀의 남편은 늦은 나이 유학을 결심하면서 다음과 같이 말하는 바, 이는 비록 표면적으로 이야기의 방향은 다르지만 여성에 대한 배려가 철저했던 남편이 그녀를 배신하게 된 동기를 분명히 확인해볼 수 있다.

지금까지 우리 사회를, 좋은 뜻에서 여기까지 굴러오게 한 게 뭐야? 정교하게 짜여진 거대한 망상조직의 '컨베이어벨트' 아냐? 초중고 차례로 졸업하면 좋든 싫든 대학에 들어가야 하고, 그것도 좀 쓸 만한 놈을 좋은 성적으로 쑥 나오면 학계 관계 재계 언론계 법조계 같은 거대 망상조직과 합류하고…… 일단 합류하면 조직의 '컨베이어시스템'에 올라간다. 그러면 된다. 조직은 생리상 거기에 합류한 동아리를 외방인들로부터 차별화하고 신변을 철저하게 보호해준다. 그렇다면 이 조직은 현대에 기능하는 유럽의 '부르(城)' 아냐? '부르' 안으로 들어가야 '부르주아지', 즉 '성내(城內) 사람'이 된다. 성 밖으로 밀려나면 '프롤레타리아'가 된다. 프롤레타리아가 뭐야? '불알 두 쪽밖에는 나라에 바칠 것이 없는 사람들'이라는 뜻이다. 취미가 별것이냐, 적성은 쥐뿔이다, '부르'에만 들어가면 중산층은 '오토매틱'이다. 우리 같은 인간은 그래서 거대 조직에 운명을 걸었다. 일에 걸지 않고 조직 자체에다 걸었다. 능률과 경쟁력은 조직 자체, 혹은 조직을 관리하는 국가가 알아서 관리해주었다. ……(중략 — 필자)······ 그런데 지난 이 년 동안 여기에서 살아오는 도중에, 나 같은 인간이 바로 이류로구나, 나 같은 인간이야말로 바로 제도권의 식물인간이로구나, 하는 생각이 문득문득 들어서 미치겠어. 새로운 세계, 생경한 언어와 맞서 싸워본 유학 경험에서 생긴 자신감 때문일 거라고 생각해. 공부하고 싶어. 미치게 하고 싶어. 공부 자체가 미치게 하고 싶은 게 아니야. 공부에 미치고 싶어······. 알고 있는 것을 부리는 삶 말고, 모르고 있던 것을 들고파는 삶······.

이 거대한 '컨베이어시스템'에서 이탈, 제도권의 식물인간이 아닌 자유인으로 살고자 했던 그녀 남편의 모험은 좌절한다. 그 역시, 그녀가 경멸했고 그는 더욱 경멸했던, 그녀의 아버지나 오빠의 삶을 좇게 된다. 아쉽게도 그녀의 남편이 그녀의 아버지의 충실한 계승자로 전락하는 과정은 묘사되어 있지 않지만, 그렇다고 그녀의 남편이 결국 그녀를 그녀와 사랑을 그리고 이전의 그를 배신하는 계기를 유추하는 것은 그리 힘든 것은 아니다. 그의 배신은 결국 알고 있는 것을 부리는 삶, 다시 말해 동일성이나 조직의 논리 안에서 사는 궁극적으로는 자기를 상실한 삶으로부터 진정으로 이탈하지 못한 결과일 터이다. 항시 자신의 삶의 존재적 기반으로부터 이탈하는 과정이란 영원히 '새로운 세계, 생경한 언어와 맞서'야 하는 견디기 힘든 악무한의 무한반복 과정이며, 이 과정에서 한순간만 멈추면 그 개체는 곧 '제도권의 식물인간'으로 전락하기 마련이다. 그녀의 남편은 결국 이 악무한의 무한반복과도 같은 모험을 계속하지 못한 셈이며, 그것을 계속 결행하기엔 그의 앞에 너무나 황홀한 늪이 놓여 있었는지도 모른다. 구조 안에서의 상실을 곧 행복이라 믿는 자들, 그리고 구조로부터의 이탈을 곧 죽음이라 비웃는 자들, 그리고 안주하면 주어지는 세속적인 편안함, 다른 자들과 동일하게 사유하면 주어지는 아름다운 통일성. 어느 것 하나 그의 일탈을 가로막지 않는 것이 없다. 그는 그 황홀한 늪에 순식간에 빠져든 것이다.

그녀의 남편이라는 인물형상을 통해, 그리고 남편의 배신이라는 서사 단위를 통해 우리는 하나의 중요한 사실을 깨닫게 된다. 그것은 다름아닌 우리의 삶 구석구석까지 스며들어 있는 남성만의 배려를 통해 형성된 제도적 논리, 또는 진리관이나 미적인 가치판단기준 등 현재 인식의 장 전반까지를 부정할 때만이, '제도권의 식물인간'의 상태에서 벗어나 인간적인 지극히 인간적인 삶이 가능하다는 점이다. 이러한 남다른 성찰이 뒷받침되어 있기에 『진홍글씨』의 다음과 같은 결구는 더할 나위 없이 생동감 있게 다가오며, 하여, 『진홍글씨』는 문제적이다.

> 내 세대 자매들과 다음 세대 딸들에게 써서 남긴다. 쓰고 나니 조금 후련하다. 슬픔이 가라앉힌 모양이다.
> 사랑하라. 이것은 딸들이 누릴 수 있는 특권이다.
> 싸워라. 이것은 딸들이 지켜야 하는 원칙이다.
> 특권을 원칙에 앞세워서는 안 된다.
> 그러면 둘 다 잃는다.

3

코지크는 그의 『구체성의 변증법』이라는 저서에서 "친숙함은 인식의 장애"라고 말한 바 있다. 그러나 우리는 "인식은 친숙함의 장애"라고 믿는 삶을 유지하고 있는지도 모른다. 현재 자신의 모습 — 그것이 비록 불행한 것일지라도 — 에서 벗어나는 것에 대해서 죽음과도 같은 공포를 느끼며, 그것 때문에 어떻게든 현재 지니고 있는 인식의 위계질서를 고수하려 한다. 이러한 사유구조를 우리는 "편집증적인 일관성the paranoiac insistence on rationality"이라 이름할 수 있을 것이다. 이러한 사유구조를 지닌 주체는 새롭게 접하는 감각이나 경험내용을 스스로 판단해서 자기화하고 자신을 확장시키는 것이 아니라 자기 스스로를 축소시키는데, 자신의 위계질서와 어긋나는 경험이나 현실을 목도했을 때 그 현실의 발생원인을 탐색하는 것이 아니라 배척해버리기 때문이다. 결국 이러한 자신의 비인간적인 행위를 오히려 선으로 치장하며 때로는 자신이 비인간적 행위를 수행하고 있다는 것을 감각적으로 느끼면서도 자신의 위계질서를 지켜나가는 위선적인 인간형으로 전락한다. 지금의 여성 억압적 현실이 상존하는 이유는 표면적으로 남성들의 폭력성 때문이지만 보다 궁극적인 요인은 남성중심의 편집증적인 일관성을 고수하려는 인식의 장 때문인지도 모른다. 이러한 인식론의 구조가 폭력을 휘두르면서도 악이라 판단하지 못하며 악이라 판단하면서도 제어하지 못하는 양상을 만들어내는 것이리라.

이렇게 본다면 이제까지의 여성소설은 남성의 폭력 그 자체를 너무 부각시켰으며 동시에 남성의 폭력적인 구조를 절대화함으로써 사랑, 모성 등의 소중한 인간적인 가치마저 부정하는 극단적인 선택을 행한 감이 없지 않다. 이는 물론 오랜 기간 변화 없이 지속되어온 남성중심의 역사가 만들어낸 태도일 것이다. 그러나 아무리 그렇다고 하더라도 이 소설들은 여성에 대한 일상화된 억압이 가능했던 현실적·인식론적 구조를 좀 더 깊이 파고들지 못했다는 한계에서 자유롭지 못하다. 『진홍글씨』가 이러한 상황에서 씌어진 것임을 감안한다면, 우리는 『진홍글씨』의 평가에 대해 인색할 필요는 없을 것이다.

그러니, 이제 분명히 결론을 말하자. 이윤기의 『진흥글씨』는 문제적이다.

진홍글씨

초판 1쇄   1998년 12월 8일
개정판 1쇄   2018년 9월 10일

지은이 / 이윤기
펴낸이 / 박진숙
펴낸곳 / 작가정신
편집 / 김종숙 황민지
디자인 / 용석재
마케팅 / 김미숙
홍보 / 박중혁
디지털콘텐츠 / 김영란
재무 / 윤미경
인쇄 및 제본 / 한영문화사

주소 (10881) 경기도 파주시 문발로 314
대표전화 031-955-6230   팩스 031-944-2858
이메일 editor@jakka.co.kr   블로그 blog.naver.com/jakkapub
페이스북 facebook.com/jakkajungsin   인스타그램 instagram.com/jakkajungsin
출판 등록 제406-2012-000021호

ISBN 979-11-6026-107-3   03810

이 도서의 국립중앙도서관 출판시도서목록(CIP)은 서지정보유통지원시스템 홈페이지(http://seoji.nl.go.kr)와
국가자료공동목록시스템(http://www.nl.go.kr/kolisnet)에서 이용하실 수 있습니다.
(CIP제어번호 : CIP2018025618)